KB150182

동 물 농 장

지어낸 이야기

조지 오웰
지음

김동근
옮김

대한민국
도서출판 소와다리
2018

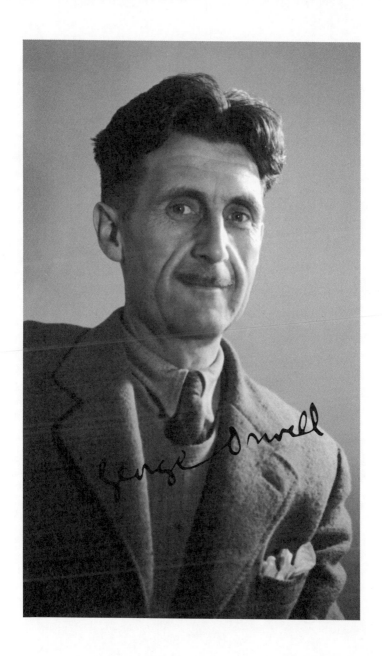

도서출판 소와다리

인천광역시 남구 구월로40번길 6-21번지 302호

한국어 번역판 초판 1쇄 발행 2018년 1월

MADE AND PRINTED IN THE REPUBLIC OF KOREA BY

SOWADARI : COW & BRIDGE PUBLISHING Co.,

존스 씨는 매너[1] 농장 주인이다. 그날 밤, 닭장 큰 문을 잠그기는 했으나 쪽문까지 닫기에는 그는 너무 취해 있었다. 흔들흔들 춤추는 초롱에서 새어 나오는 불빛으로 땅바닥에 원을 그리며, 비틀비틀 마당을 가로질러 농장집 뒷문에 다다른 존스 씨는 장화를 벗어 차 버리더니 부엌 술통에서 마지막으로 맥주 한 잔을 따라 들이켠 후 아내가 벌써 코를 골고 있는 침대로 기어들어 갔다.

침실 불이 꺼지기가 무섭게 농장 건물 전체가 웅성웅성 푸드득푸드득 요란한 소리로 가득 찼다. 품평회 입상 경력이 있는 중형 요크셔[2] 수퇘지 메이저 영감이 간밤에 이상한 꿈을 꾸었는데 이를 다른 동물들에게 전하고자 한다는 말이 낮 동안 돌았다. 그래서 동물들은 존스 씨가 자리를 떠나면 즉시 큰 헛간에 모이기로 한 것이다. 메이저 영감(품평회에 출품되었을 때 이름은 '윌링던 이쁜이'였지만 항상 이렇게 불렸다)은 농장 동물들 사이에서 평판이 아주 좋았기에 그가 하는 말을 듣기 위해서라면 누구나 잠 한 시간쯤 기꺼이 포기할 각오가 되어 있었다.

큰 헛간 한쪽 구석. 대들보에 매달린 등불 아래 바닥을 돋워 연단처럼 만든 곳에는 메이저가 벌써 바닥에 밀짚을 깔고 앉아 있었다. 열두 살인 메이저는 요즘 들어 상당히 뚱뚱해지긴 했지만 여전히 위엄이 있었고 지금껏 송곳니를 한 번도 자른 적이 없음에도 인자하고 현명해 보이는 돼지였다. 다른 동물들도 속속 도착하여 각

---

(1) **Manor** 장원. 중세 귀족이 소유한 넓은 토지. 니콜라이 2세 치하의 제정 러시아를 빗댄 말.
(2) 영국 요크셔 원산의 돼지로 몸집이 크고 털은 흰색이다. 번식력이 우수하다.

자 편한 자세로 자리를 잡기 시작했다. 블루벨, 제시, 핀처라는 이름의 사냥개 세 마리가 제일 먼저 왔고 그다음으로 돼지들이 들어와 연단 바로 앞 밀짚 더미 위에 퍼더버렸다. 암탉들은 창턱에 올라앉았고 비둘기들은 서까래로 날아갔다. 양과 젖소들은 돼지 뒤편에 드러누워 되새김질을 하기 시작했다. 역마役馬 복서와 클로버는 혹시 지푸라기 속에 작은 동물이라도 숨어 있을까 봐 거대한 털투성이 발굽을 조심조심 내려놓으면서 천천히 걸어 들어왔다. 클로버는 중년에 접어든 푸근하게 살이 찐 암말로 네 번째 새끼를 낳은 후로는 좀처럼 예전 몸매를 되찾지 못하고 있었다. 복서는 키가 이 미터에 육박하는 거대한 야수였고 보통 말 두 마리를 합친 것만큼이나 힘이 셌다. 코빼기에 난 하얀 줄무늬 때문에 왠지 조금 꺼벙하게 보였는데 실제로도 머리가 아주 좋거나 하지는 않았지만 성품이 우직하고 힘도 엄청나서 모두가 복서를 존경했다. 그 뒤를 이어 흰 염소 뮤리엘과 당나귀 벤저민이 들어왔다. 벤저민은 농장에서 나이가 제일 많고 성질도 제일 고약했다. 말도 거의 하지 않았는데, 했다 하면 무언가를 비웃적거렸다. 예를 들면 파리를 쫓으라고 하나님이 꼬리를 주셨다고 하면서 파리도 없고 꼬리도 없는 편이 차라리 좋지 않냐는 식이다. 농장 동물들은 벤저민이 웃는 모습을 본 적이 없었다. 왜 웃지 않느냐고 묻는다면 아마 웃을 일이 뭐가 있느냐고 대답할 것이다. 그래도 대놓고 말한 적은 없지만 벤저민은 복서를 아주 좋아했다. 둘은 말도 없이 과수원 너머 작은 방목장에서 나란히 풀을 뜯으며 일요일을 보내곤 했다.

두 마리 말이 자리에 드러눕자 이번엔 어미 잃은 새끼 오리들이 줄지어 헛간으로 들어와서 밟히지 않을 만한 자리를 찾아 힘없이 삑삑거리며 이리저리 헤매 다녔다. 클로버가 커다란 앞다리로 새끼 오리 주변을 벽처럼 둘러 주었고 새끼 오리들은 그 안에 자리를 잡자마자 잠이 들어 버렸다. 거의 마지막으로 존스 씨의 외출용 이륜마차를 끄는 예쁘고 멍청한 하얀 암말 몰리가 각설탕을 질겅거리며 고상한 척 잰걸음으로 들어왔다. 몰리는 앞쪽에 자리를 잡고는 새하얀 갈기에 땋은 빨간 리본이 관심을 끌기 바라며 갈기털을 간들대기 시작했다. 고양이가 맨 마지막으로 들어왔다. 그리고 언제나 그렇듯 가장 따뜻한 곳을 찾아 주위를 두리번거리다가 결국 복서와 클로버 사이를 비집고 들어가 메이저가 연설하는 내내 그의 말은 한 마디도 듣지 않고 만족스럽다는 듯 가르랑거리기만 했다.

뒷문 밖 횃대에 잠이 든 길들인 까마귀 모세를 제외하면 동물들이 전부 모임에 참석했다. 모두가 편안한 자세로 귀를 기울이며 기다리는 것을 보고 메이저가 목청을 가다듬더니 연설을 시작했다.

"동지 여러분. 간밤에 내가 이상한 꿈을 꾸었다는 말은 이미 들었을 것입니다. 하지만 꿈 이야기는 나중에 하기로 하고 그보다 먼저 할 말이 있습니다. 동지들, 내가 여러분과 함께할 수 있는 날은 이제 고작 몇 달 남짓인 줄로 압니다. 그래서 죽기 전에 내가 터득한 지혜를 여러분에게 전해 주어야 할 의무감을 느낍니다. 나는 오래 살았습니다. 돼지우리에 홀로 누워 오랜 시간 사색을 했기에 지금 살아 있는 그 어느 동물 못지않게 우리가 이 땅 위에서 영위하는 삶의 본질을 이해한다고 말할 수 있습니다. 지금 그 본질에 대해 동지 여러분에게 말하고자 합니다."

"자, 동지들. 그럼 우리 삶의 본질은 무엇입니까? 현실을 직시해야 합니다. 우리네 삶은 비참하고 고달프고 그리고 짧습니다. 우리

7

는 태어나면 몸뚱이에 겨우 숨이 붙어 있을 만큼만 먹이가 주어지고 일할 수 있는 동물은 마지막 기운이 다할 때까지 노동을 강요당합니다. 그러다 쓸모가 없어지는 순간 끔찍하도록 잔인하게 도살당합니다. 한 살이 넘은 영국의 동물 중에 행복이나 여가가 무슨 뜻인지 아는 동물은 하나도 없습니다. 영국에 자유로운 동물은 없습니다. 동물의 삶은 비참한 노예의 삶입니다. 이것은 명백한 진실입니다."

"하지만 그것이 자연의 이치이기 때문일까요? 아니면 우리 땅이 너무도 척박해서 여기 사는 동물들이 제대로 된 삶을 누리게 할 상황이 못 되는 것일까요? 아닙니다, 동지들. 백 번 천 번 아닙니다! 영국의 토양은 비옥하고 기후는 온화하여 지금보다 훨씬 더 많은 동물들에게 먹이를 넉넉히 공급할 수 있습니다. 우리 농장 하나가 말 열두 필, 젖소 스무 두, 양 수백 마리를 부양할 수 있습니다. 지금 우리가 상상할 수 없을 만큼 안락하고 존엄한 삶을 영위할 수 있습니다. 그런데 왜 우리는 이 비참한 상황에 계속 머무르고 있는 것입니까? 그 이유는 우리 노동의 산물 거의 전부를 인간들이 빼앗아 가기 때문입니다. 동지 여러분, 바로 여기에 우리 문제에 대한 해답이 있습니다. 그 해답을 한 단어로 줄여 보겠습니다. 인간! 오직 인간만이 우리의 진정한 적입니다. 농장에서 인간을 몰아냅시다. 그러면 기아와 착취의 근원은 이곳에서 영원히 사라질 것입니다."

"인간은 생산하지 않고 소비만 하는 유일한 생물입니다. 젖을 내지도 않고 알을 낳지도 않으며 쟁기를 끌기에는 힘도 너무 약하고 토끼를 잡을 만큼 빨리 달릴 수도 없습니다. 그럼에도 불구하

8

고 인간은 모든 동물을 지배합니다. 동물에게 일을 시키고 굶어 죽지 않을 최소한의 먹이만 되돌려 주며 나머지는 자기 몫으로 챙깁니다. 우리 힘으로 땅을 갈고 우리 똥이 흙을 기름지게 하지만 우리는 벌거벗은 맨살 말고는 가진 것이 없습니다. 내 앞에 보이는 젖소 동지들, 여러분이 작년 한 해 짜낸 우유가 몇 통입니까? 그리고 건강한 송아지를 길러 내야 할 그 우유는 어떻게 되었습니까? 마지막 우유 한 방울까지 우리 적의 목구멍으로 넘어갔습니다. 또 암탉 동지들, 여러분이 작년에 낳은 알이 몇 개이며 그중에 몇 개가 병아리로 부화했습니까? 나머지는 모두 존스와 그 일당들이 돈벌이를 위해 시장에 내다 팔았습니다. 그리고 클로버 동무, 동무가 낳아 노년을 의지하고 삶의 기쁨이 되어 줄 망아지 네 마리는 어디에 있소? 모두 한 살이 되었을 때 팔려 갔소—아마 두 번 다시는 만날 수 없을 거요. 네 번이나 출산을 하고 들판에서 온갖 노동을 한 대가로 알량한 먹이와 마구간 외에 동무는 무엇을 받았소?"

"또한 우리는 이 참담한 삶조차도 천수를 누리도록 허락되지 않습니다. 나는 운이 좋은 편이라 불평하지는 않겠습니다. 나는 열두 살이고 사백이 넘는 자식이 있습니다. 그것이 돼지 본연의 삶입니다. 하지만 그 어떤 동물이라 하더라도 마지막에는 잔인한 칼날에서 벗어날 수 없습니다. 내 앞에 앉아 있는 청년 비육돈 동지들, 자네들은 일 년만 있으면 전부 도마 위에서 살려 달라 울부짖게 될 걸세. 젖소, 돼지, 암탉, 양 할 것 없이 우리 모두에게 그 참혹한 일은 틀림없이 닥칩니다. 말이나 사냥개라고 해서 더 나은 운명을 타고나지는 않습니다. 복서 동무, 그대의 건장한 근육이 힘을 잃는 바로 그날, 존스는 폐마 도축업자에게 동무를 팔아넘겨 목을 따고

9

푹 고아 사냥개 먹이로 만들 것이오. 그리고 사냥개 동지들은 늙어서 이빨이 빠지면 목에 벽돌이 매달린 채 제일 가까운 연못에 던져질 것입니다."

"그렇다면 동지들, 이러한 우리 삶의 해악은 모두 인간의 횡포에서 비롯되었음이 너무나 명백하지 않습니까? 인간을 처치하기만 하면 우리 노동의 산물은 우리 소유가 됩니다. 하룻저녁에 우리는 풍요롭고 자유로워질 수 있습니다. 그렇다면 이제 우리가 해야 할 일은 무엇입니까? 밤낮없이 혼신을 다해 인류 타도에 매진하는 것입니다! 동지들이여, 이것이 여러분에게 전하는 나의 메시지입니다. 혁명! 그 혁명이 언제 일어날지 나는 알지 못합니다. 일주일 후가 될 수도 있고 백 년 후가 될 수도 있습니다만, 내일이 올 것을 내가 분명히 아는 것과 같이 정의가 실현될 날도 머지않아 올 것을 나는 분명히 압니다. 동지 여러분, 짧은 여생 동안 우리는 그 점을 명심해야 합니다! 그리고 무엇보다 이 메시지를 후대에 전하여 미래 세대들이 승리의 그날까지 투쟁을 계속하도록 해야 합니다."

"그리고 동지들, 잊어서는 안 됩니다. 여러분의 결의가 결코 흔들려서는 안 된다는 것을. 어떤 논쟁에도 미혹되어서는 안 된다는 것을. 누군가 인간과 동물은 공통의 이해관계를 가지므로 한쪽의 번영이 다른 한쪽의 번영이라고 말하더라도 절대로 넘어가서는 안 됩니다. 전부 거짓말입니다. 인간은 자신을 제외한 어떤 생물의 이익을 위해서도 봉사하지 않습니다. 투쟁으로 우리 동물들 사이의 완벽한 단합, 완벽한 동지애가 싹트도록 해야 합니다. 인간은 모두 적입니다. 동물은 모두 동지입니다."

바로 그때 한바탕 소란이 일어났다. 커다란 쥐 네 마리가 살그머니 쥐구멍에서 기어 나와 땅에 철퍼덕 앉아 메이저의 연설을 듣고 있었는데, 그 모습이 사냥개들 눈에 띄었고 쥐들은 구멍으로 재빨리 뛰어들어 가 겨우 목숨을 건졌다. 메이저가 조용히 하라며 앞다리를 들어 올렸다.

"동지 여러분." 메이저는 말했다. "결정해야 할 일이 하나 있습니다. 쥐나 토끼 같은 야생동물은 우리의 동지입니까, 우리의 적입니까? 투표로 결정합시다. 이 결의안을 상정하는 바입니다. 쥐는 동지입니까?"

즉시 투표가 실시되었고 압도적 다수가 쥐를 동지로 인정했다. 반대는 단 네 표. 하지만 그나마도 사냥개 세 마리와 고양이가 찬반 양측에 모두 투표했음이 나중에 밝혀졌다. 메이저는 발언을 이어 나갔다.

"이제 더는 할 말이 없습니다. 단지 거듭 말할 뿐입니다. 인간과 그들의 모든 행위에 대해 적개심을 가질 의무가 있음을 우리는 명심해야 합니다. 두 다리로 걷는 것은 모두 적입니다. 네 다리로 걷거나 날개가 있는 것은 모두 동지입니다. 인간에 대항하여 싸울 때, 우리는 인간을 닮아 가서는 안 됨을 또한 명심해야 합니다. 우리가 인간을 정복하더라도 그들의 악덕을 받아들여서는 안 됩니다. 모든 동물은 집에서 살거나 침대에서 자거나 옷을 입거나 술을 마시거나 담배를 피우거나 돈에 손을 대거나 장사를 해서는 안 됩니다. 인간의 모든 습관은 사악합니다. 그리고 그 무엇보다도 어떤 동물도 절대로 동족을 억압해서는 안 됩니다. 강하거나 약하거나 슬기롭거나 어리석거나 우리는 모두 형제입니다. 동물은 다른 동물을 절대 죽여서는 안 됩니다. 동물은 모두 평등합니다."

11

"동지 여러분, 이제 간밤에 꾸었던 꿈에 대해 이야기하겠습니다. 여러분에게 자세히 설명하기는 힘듭니다만, 인간이 사라진 세상에 대한 꿈이었습니다. 그러나 그 꿈은 오랫동안 잊고 있던 어떤 것을 기억나게 해 주었습니다. 여러 해 전 내가 새끼 돼지였을 때 우리 어머니와 다른 암퇘지들은 아는 것이라고는 그저 곡조와 가사 맨 앞 세 마디뿐인 옛 노래를 곧잘 부르곤 했습니다. 어렸을 때는 곡조를 알았지만 그 후로 오랜 세월이 지나는 동안 잊고 말았습니다. 그런데 어젯밤 꿈속에서 기억이 돌아왔습니다. 게다가 노래의 가사도 기억이 났습니다. 그 옛날 동물들이 즐겨 불렀지만 여러 세대를 거치는 동안 기억에서 사라졌던 그 가사가 틀림없습니다. 동지 여러분, 지금부터 그 노래를 불러 보겠습니다. 나는 늙었고 목소리는 쉬었습니다. 곡조를 익히기만 하면 여러분은 더 잘 부를 수 있을 것입니다. 제목은 〈영국의 동물들〉입니다."

헛기침으로 목청을 가다듬은 메이서 영감이 노래를 하기 시작했다. 말했던 대로 목은 쉬었지만 그런대로 잘 불렀고 〈클레멘타인〉과 〈라쿠카라차〉를 섞은 듯한 감동적인 곡조였다. 가사는 이랬다.

영국의 동물이여, 아일랜드의 동물이여
만국의 동물이여
황금빛 미래의 기쁜 소식에
귀를 기울여라

머지않아 그날이 오리라
폭군 인간을 타도하는 날이

비옥한 영국의 들판에
오직 동물만 발 디딜 날이

코에서 코뚜레가 벗겨지고
등에서 멍에가 사라지고
재갈과 박차가 영원히 녹슬고
가혹한 채찍은 더 이상 때리지 않으리라

상상을 뛰어넘는 풍요로움
밀과 보리, 귀리와 건초
토끼풀, 콩, 사탕무
그날이 오면 우리 것이 되리라

영국의 들판은 밝게 빛나리라
물은 더욱 맑게 흐르리라
산들바람 더욱 달콤하게 불리라
우리 해방되는 그날이 오면

그날이 밝기 전에 죽더라도
우리 모두 일하자 그날을 위해
젖소, 말, 거위, 칠면조여
피땀 흘려 일하자 자유를 위해

영국의 동물이여, 아일랜드의 동물이여

만국의 동물이여

황금빛 미래의 소식에

귀 기울여라 널리 전파해라

메이저가 노래를 부르자 동물들은 열광했다. 그리고 노래가 끝나기도 전에 곡조를 흥얼거리기 시작했다. 머리가 나쁜 동물조차 곡조와 가사 몇 마디를 익혔고 개나 돼지처럼 머리가 좋은 동물은 몇 분 만에 노래를 전부 외웠다. 그리하여 몇 번 예행연습을 한 후에 동물들은 농장이 다 떠나가도록 일제히 〈영국의 동물들〉을 열창했다. 젖소는 음머, 개는 낑낑, 양은 메에, 말은 히힝, 오리는 꽥꽥 노래를 불렀다. 동물들은 너무나 신이 난 나머지 다섯 번이나 잇달아 불렀는데, 방해를 받지만 않았다면 아마 밤이 새도록 불렀을지도 모른다.

안타깝게도 그 소란에 잠이 깬 존스 씨가 마당에 여우라도 들어왔나 싶었는지 침대에서 벌떡 일어났다. 그리고 침실 귀퉁이에 세워 둔 총을 집어 들고 6호 산탄을 어둠 속에 퍼부었다. 날아온 총알이 헛간 벽에 박히자 동물들은 허둥지둥 흩어져 모두 각자의 잠자리로 도망쳤다. 새들은 횃대로 뛰어올랐고 동물들은 짚 더미 속으로 파고들었다. 온 농장이 삽시간에 잠들었다.

CHAPTER II

그로부터 사흘 뒤. 메이저 영감은 잠을 자다가 평온하게 세상을 떠났다. 그의 시체는 과수원 기슭에 묻혔다.

삼월 초가 되었다. 이어지는 석 달 동안은 비밀 활동이 활발히 전개되었다. 메이저의 연설은 농장의 지능이 높은 동물들에게 완전히 새로운 인생관을 심어 주었다. 비록 메이저가 예언했던 혁명이 언제 일어날지 동물들은 알지 못했고 그들이 살아 있는 동안 일어난다는 근거도 없었지만 혁명에 대비하는 것이 자기들의 의무임을 명확히 알고 있었다. 다른 동물들을 교육하고 체계를 조직하는 일은 자연스레 동물들 가운데 가장 똑똑하다고 모두가 인정하는 돼지들이 담당하게 되었다. 그중에서도 존스 씨가 내다 팔기 위해 기르던 스노우볼과 나폴레옹이라는 이름의 젊은 수돼지 두 마리가 특히 뛰어났다. 몸집이 크고 약간 사나운 인상을 풍기는 나폴레옹은 농장에서 거세하지 않은 유일한 버크셔[1] 수돼지였는데 말수가 좀 적기는 했으나 자기 의지를 관철하여 목적을 달성시킨다는 평판을 얻고 있었다. 스노우볼은 나폴레옹보다 쾌활하고 말주변이 좋은 데다 아이디어도 많았지만 나폴레옹만큼 카리스마가 있는 것 같지는 않았다. 나머지 수돼지들은 전부 비육돈이었으며 그중에 제일 존재감 있는 것이 포동포동한 볼과 빛나는 눈, 민첩한 움직임과 카랑카랑한 목소리를 가진 스퀼러라는 이름의 통통한 돼지였다. 말솜씨가 좋은 스퀼러는 무언가 난감한 주장을 할 때면 좌우로 서성거리며 꼬리를 흔드는 버릇이 있었는데, 그 행동은 왠지 모르게 아주 설득력이 있었다. 다른 동물들은 스퀼러라면 검은색을 흰색으로 믿게 할 수도 있을 거라 말했다.

이들 셋은 메이저 영감의 가르침을 완전한 사상 체계로 발전시

---

(1) 영국 버크셔 원산의 돼지로 몸집은 요크셔 종과 비슷하나 털이 검다. 육질이 좋다.

켜 '동물주의'라고 이름 붙였다. 일주일에 며칠씩 존스 씨가 잠이 든 후 그들은 헛간에서 비밀회의를 열었고 동물주의의 원리를 다른 동물들에게 자세히 설명해 주었다. 처음에는 농장에 팽배한 무지와 무관심에 맞닥뜨리기도 했다. 어떤 동물들은 존스 씨를 '주인님'이라 부르며 그에게 충성할 의무에 대해 이야기했고 "존스 씨는 우리에게 먹이를 준다"거나 "존스 씨가 없으면 우리는 굶어 죽는다"는 등 유치한 발언을 하기도 했다. 또 몇몇은 "우리가 죽고 난 다음에 일어날 일에 왜 신경을 써야 하지?"라든가 "어차피 일어날 혁명인데 노력을 하든 안 하든 뭐가 다르지?" 하고 묻기도 했는데 그런 생각은 동물주의 정신에 어긋난다는 것을 이해시키느라 돼지들은 크게 진땀을 뺐다. 그중 가장 어이없는 질문은 하얀 암말 몰리가 한 것이었다. 그녀가 스노우볼에게 한 첫 질문은 이러했다. "혁명 후에도 설탕은 그대로 있나요?"

"없소." 스노우볼은 잘라 말했다. "이 농장에서는 설탕을 만들 수가 없소. 더구나 동무에게 설탕은 필요 없소. 동무는 귀리와 건초를 원하는 만큼 먹게 될 거요."

"그럼 갈기에 리본을 계속 달고 있어도 되나요?" 몰리가 재차 물었다.

"동무." 스노우볼이 말했다. "동무가 그토록 아끼는 그 리본은 노예의 증표요. 자유가 리본보다 가치 있다는 걸 동무는 이해하지 못하겠소?"

몰리는 고개를 끄덕였지만 전혀 이해한 것 같지 않았다.

돼지들은 길들인 까마귀 모세가 퍼뜨리는 거짓말에도 대응하느라 꽤나 애를 먹었다. 존스 씨가 각별히 아끼던 애완동물 모세는 그의 첩자였고 고자질쟁이였지만 말재주가 좋았다. 모세는 동물이 죽으면 얼음사탕 산이라는 신비한 나라로 간다고 주장했다. 그의 말에 따르면 얼음사탕 산은 하늘 위 구름보다 조금 높은 곳 어딘가에 있는데 그곳에서는 일주일에 이레가 일요일이며 일 년 내내 토끼풀이 무성하고 각설탕과 깻묵이 산울타리[1]에 주렁주렁 열려 있다. 일은 안 하고 고자질만 해 댔기 때문에 동물들은 모세를 미워했지만 몇몇은 얼음사탕 산이 실제로 존재한다고 믿었고 돼지들은 그런 곳은 없다고 이해시키기 위해 열심히 논쟁을 해야만 했다. 돼지들의 가장 충실한 제자는 역마 복서와 클로버였다. 둘은 스스로 무언가를 생각해 내는 일은 퍽 어려워했지만 일단 돼지들을 스승으로 인정하면서부터는 그들이 하는 말이라면 모두 받아들였고 이해하기 쉬운 말로 다른 동물들에게 전달했다. 복서와 클로버는 헛간에서 열리는 비밀회의에 빠지지 않고 참석했으며 회의를 끝내는 〈영국의 동물들〉 노래를 매번 앞장서 불렀다.

차차 밝혀지겠지만 혁명은 어느 누가 예상했던 것보다 훨씬 빨리 그리고 훨씬 수월하게 완수되었다. 지난날 존스 씨는 매정하긴 해도 유능한 농장주였다. 하지만 최근에 불운한 일을 당했다. 소송에 져서 금전적 손해를 본 후로는 크게 낙담하여 몸을 망칠 만큼 술을 마셨다.

이띤 날은 하루 종일 부엌에 있는 원저 의자[2]에 누워 신문을 읽으며 술만 마셨고 종종 모세에게 맥주에 적신 빵 껍질을 먹이곤 했다. 그가 고용한 일꾼들은 게으르고 불성실했다. 밭은 잡초로 뒤

---

[1] 덤불이나 키 작은 나무를 촘촘히 심어 만든 울타리.
[2] 엉덩이 판에 다리와 등받이를 끼워 만든 의자. 다리와 등받이가 이어져 있지 않다.

덮였고 축사는 지붕 수리를 해야 했으며 산울타리는 방치되었고 동물들은 제때 먹이를 먹지 못했다.

유월이 왔고 건초는 거두어들일 준비가 거의 다 되었다. 세례 요한 축일 전날 밤. 토요일이었다. 윌링던에 간 존스 씨는 술집 '레드 라이온'에서 고주망태가 되어 일요일 한낮이 되도록 돌아올 줄을 몰랐다. 일꾼들은 아침 일찍 우유를 짠 다음 동물들에게 먹이줄 생각도 하지 않고 토끼 사냥을 하러 나가 버렸다. 존스 씨는 집에 돌아오자마자 응접실 소파에 누워 「세계 뉴스」지를 얼굴에 덮은 채 그대로 곯아떨어졌는데, 그 바람에 저녁이 다 되도록 동물들은 먹이를 먹지 못한 상태였다. 동물들은 더 이상 참을 수가 없었다. 젖소 한 마리가 사료 창고 문을 뿔로 부수고 들어갔고 동물들은 통에 든 먹이를 닥치는 대로 먹기 시작했다. 존스 씨가 잠에서 깬 것은 바로 그때였다. 다음 순간 사료 창고 안에서 존스 씨와 일꾼 넷이 손에 든 채찍을 사방팔방으로 휘갈기고 있었다. 배고픈 동물들로서는 도저히 참을 수 없는 일이었다. 비록 사전에 계획된 것은 아니지만 동물들은 박해자들을 향해 일제히 몸을 내던졌다. 그러다 문득 존스 씨와 일꾼들은 사방에서 들이받히고 걷어차이고 있는 자신을 발견했다. 그들은 이 상황을 도저히 수습할 수가 없었다. 동물들이 이렇게 행동하는 것을 전에는 본 적이 없었고, 내키는 대로 매질과 학대를 가했던 동물들의 갑작스러운 폭동에 혼이 빠질 만큼 겁을 먹었다. 잠시 후 존스와 그 일당은 자기 몸 지키기를 포기하고 내빼고 말았다. 다시 일 분이 지났을까? 큰길로 이어지는 마찻길에는 헐레벌떡 도망치는 다섯 사람과 기세가 등등해서 그 뒤를 쫓는 동물들이 보였다.

침실 창문으로 밖을 내다보고 있던 존스 부인은 곧 무슨 일이 일어나고 있는지 알아차렸고, 허둥지둥 여행용 가방에 몇 가지 소지품을 대충 쑤셔 넣은 후 다른 길로 황급히 농장에서 빠져나갔다. 모세는 큰 소리로 깍깍거리며 횃대에서 날아오르더니 날개를 퍼덕거리며 존스 부인의 뒤를 쫓았다. 그러는 동안에도 동물들은 존스와 일꾼들을 큰길까지 추격했고 가로대 다섯 장을 댄 대문을 쾅 닫아버렸다. 그리하여 무슨 일이 일어나고 있는지 동물들이 미처 깨닫기도 전에 혁명은 성공적으로 완수되었다. 존스는 추방되었고 매너 농장은 그들의 것이었다.

처음 얼마 동안 동물들은 그들이 맞이한 행운을 좀처럼 믿을 수가 없었다. 그들이 처음으로 한 일은 마치 농장 그 어디에도 인간이 숨어 있지 않음을 확인하려는 듯 다 함께 농장 울타리 주변을 질주하는 것이었다. 그러고 나서 동물들은 존스가 지배했던 가증스러운 흔적들을 말살하기 위해 농장 건물로 되돌아왔다. 마구간 끄트머리 마구실[1] 문을 뜯어내고 재갈, 코뚜레, 개사슬, 존스가 돼지나 양을 거세할 때 쓰던 시퍼런 날붙이를 전부 우물 속에 처넣었다. 고삐, 굴레, 눈가리개, 수치스러운 목걸이 꼴망태[2]는 마당에서 불타는 쓰레기 위로 던져 버렸다. 채찍도 마찬가지였다. 불꽃 속에서 타오르는 채찍을 보면서 동물들은 기쁨에 겨워 날뛰었다. 스노우볼 또한 장날마다 말갈기와 말꼬리에 달던 리본을 불 속에 던져 넣었다.

"리본은." 스노우볼이 입을 열었다. "인간의 표식인 옷으로 간주

해야 하오. 동물은 옷을 입어서는 안 되오."

이 말을 듣고 복서는 한여름에 파리가 귀에 들어가지 않도록 쓰고 다니던 작은 밀짚모자를 가져와 다른 것들과 함께 불 위에 얹었다.

얼마 안 되어 동물들은 존스를 연상시키는 모든 것을 파괴했다. 그런 다음 나폴레옹은 동물들을 데리고 사료 창고로 되돌아와 모두에게 정량의 두 배로 곡식을 지급했고 사냥개에게는 한 마리 당 비스킷 두 개를 나누어 주었다. 그러고 나서 동물들은 〈영국의 동물들〉을 처음부터 끝까지 일곱 번 연이어 부른 후 잠자리에 들어 마치 잠을 한 번도 자 본 적 없는 것처럼 잠이 들었다.

그러나 항상 그랬듯 새벽에 잠이 깼고 불현듯 이미 일어난 영광스러운 일들이 생각나 모두 함께 목초지까지 달려갔다. 목초지에서 조금 더 가면 농장의 대부분이 굽어보이는 위치에 작은 언덕이 하나 있다. 동물들은 그 꼭대기로 몰려가 맑은 아침볕 속에서 주위를 바라보았다. 그렇다. 우리 것이다. 눈길 닿는 모든 것이 우리 것이다! 그런 생각이 들자 동물들을 황홀함에 주변을 빙글빙글 뛰어다녔고 흥분하여 공중으로 껑충껑충 뛰어올랐다. 이슬밭에 뒹굴며 달콤한 여름풀을 한입 가득 베어 물었고 비옥한 검은흙을 발로 헤쳐 그 진한 향기를 코로 들이마셨다. 그러고 나서 농장 전체를 둘러보았다. 경작지와 목초지, 과수원, 연못, 덤불숲을 감탄에 말문이 막힌 채 바라보았다. 마치 전에는 본 적이 없다는 듯. 그리고 지금도 이 모든 게 자기들 것이라는 사실이 믿기지 않는다는 듯.

그리고 다시 줄지어 농장 건물로 돌아온 동물들은 조용히 농장집 문밖에 멈추어 섰다. 이 역시 그들의 것이었으나 안으로 들어가기가 무서웠다. 하지만 잠시 후, 스노우볼과 나폴레옹이 어깨로 문을 들이받아 열었고 동물들은 무엇 하나라도 잘못 건드릴까 하는 두려움에 극도로 긴장하면서 일렬종대로 걸어 들어갔다. 동물들은 겁이 나 숨소리도 제대로 내지 못한 채 믿을 수 없이 호화로운 사치품, 깃털 이불이 깔린 침대, 거울, 말가죽 소파, 양털 양탄자, 응접실 벽난로 위에 걸린 빅토리아 여왕의 석판화를 일종의 경외감으로 바라보며 이 방에서 저 방으로 살금살금 걸었다. 몰리가 사라진 것을 알아챈 것은 그들이 계단을 막 내려온 참이었다. 왔던 길을 다시 되짚어 간 동물들은 가장 화려한 침실에서 몰리를 찾아냈다. 어처구니없게도 몰리는 존스 부인의 화장대에 있던 파란 리본을 집어 들어 어깨에 두르고는 거울에 비친 자기 모습에 감탄하고 있었다. 동물들은 그녀를 호되게 나무라고는 곧 밖으로 데리고 나왔다. 부엌에 매달린 햄은 끄집어내 파묻었고 부엌에 있는 맥주통은 복서의 발길질 한 번에 산산조각이 났다. 그 외에는 아무것도 손대지 않았다. 농장집을 박물관으로 보존해야 한다는 결의안이 그 자리에서 만장일치로 통과되었다. 그리고 어떤 동물도 거기서 살아서는 안 된다는 것에도 모두 찬성했다.

아침 식사를 마친 동물들을 스노우볼과 나폴레옹이 다시 불러 모았다.

"동지들." 스노우볼이 말했다. "지금은 여섯 시 반이고 우리 앞에는 긴 하루가 있소. 오늘 우리는 건초 수확을 개시할 것이오. 하지만 그 전에 해야 할 일이 있소."

그제야 돼지들은 지난 석 달 동안 존스의 자식들이 쓰다가 쓰레기 더미에 던져 버린 낡은 철자법 책으로 읽고 쓰는 법을 배웠노라 털어놓았다. 나폴레옹은 검정색과 흰색 페인트통을 가져오게 하고 는 큰길로 통하는 다섯 가로대 대문까지 동물들을 이끌고 갔다. 그리고 스노우볼이 앞다리 발굽 사이에 붓을 끼우더니(스노우볼 이 글을 제일 잘 썼으므로) 맨 위 가로대에서 '매너 농장'이란 글자를 페인트로 덧칠하여 지우고는 그 자리에 '동물 농장'이라고 써넣었 다. 그것은 지금부터 이 농장의 이름이 될 것이다. 그런 후 동물들 은 농장 건물로 다시 돌아왔고 스노우볼과 나폴레옹은 큰 헛간 벽 끝에 사다리를 가져와 세우도록 했다. 돼지들은 지난 석 달 동안의 연구를 통해 동물주의를 일곱 개의 계명으로 요약하는 데 성공했 노라 설명했다. 동물 농장의 모든 동물들이 앞으로 영원히 지키며 살아야 할 불변의 규율이 될 일곱 계명이 벽 위에 기록되는 순간 이었다. 스노우볼은 어렵사리(돼지가 사다리 위에서 균형을 잡기란 쉽지 않으므로) 사다리를 타고 올라갔고 몇 단 아래서 페인트통을 든 스 퀼러와 함께 작업에 착수했다. 타르를 칠한 벽 위에 커다랗게 쓰인 흰 글자는 삼십 미터 밖에서도 읽을 수 있었다. 내용은 이러했다.

일곱 계명

하나. 두 다리로 걷는 것은 모두 적이다.

　둘. 네 다리로 걷거나 날개가 달린 것은 모두 동지다.

　셋. 동물은 옷을 입어서는 안 된다.

　넷. 동물은 침대에서 자서는 안 된다.

다섯. 동물은 술을 마셔서는 안 된다.

여섯. 동물은 다른 동물을 죽여서는 안 된다.

일곱. 동물은 모두 평등하다.

글씨도 깔끔했고 두 번째 계명의 '동지'를 '둥지'로 잘못 적은 것을 제외하면 맞춤법도 시종일관 정확했다. 스노우볼은 다른 동물들을 위해 그것을 큰 소리로 읽어 주었다. 모두가 완전히 동의하여 고개를 끄덕였고 머리가 좋은 동물들은 즉시 계명을 외우기 시작했다.

"자, 동지들!" 스노우볼이 붓을 던지며 외쳤다. "목초장으로! 존스와 그 일당들보다 더 빨리 수확하는 영광을 위하여!"

그러나 바로 그때, 얼마 전부터 불안한 기색을 보이던 젖소 세 마리가 음머 하고 울었다. 젖소들은 스물네 시간 동안 젖을 짜지 않은 상태라 젖통이 터지기 직전이었다. 돼지들은 잠깐 생각을 하더니 양동이를 가져오게 하여 꽤 능숙하게 젖을 짰는데 돼지들의 앞다리는 이런 작업을 하기에 안성맞춤이었다. 이윽고 많은 동물들이 지대한 관심을 가지고 지켜보는 가운데, 거품이 이는 뽀얀 우유 다섯 양동이가 나왔다.

"그 우유는 전부 어떻게 할 건가요?" 누군가 물었다.

"존스는 그걸 사료에 섞어서 주곤 했어요." 어느 암탉이 말했다.

"우유는 신경 쓰지 마시오, 동지들!" 나폴레옹이 양동이 앞으로 나서며 외쳤다. "알아서 처리하겠소. 그보다 건초 수확이 더 중요하오. 스노우볼 동무가 앞장설 것이오. 니도 곧 따라가셨소. 동지들, 앞으로! 건초가 우리를 기다리고 있소!"

그리하여 동물들은 건초 수확을 하러 무리 지어 목초장으로 내려갔고 저녁에 돌아와서야 우유가 사라진 것을 눈치챘다.

CHAPTER III

얼마나 땀을 흘렸던가, 건초를 거두기 위해서! 동물들이 바친 노고는 기대한 것보다 훨씬 많은 수확으로 되돌아왔다.

때로는 일이 고되기도 했다. 농기구라는 것은 동물이 아닌 인간이 사용하기에 적합하도록 만들어진 데다 뒷다리로 일어서서 써야하는 도구인지라 동물들은 전혀 쓸 수 없다는 것이 큰 골칫거리였다. 하지만 돼지들은 온갖 난관을 피해 갈 방법을 생각해 낼 정도로 영리했다. 말들은 밭 구석구석까지 훤히 꿰뚫고 있었으며 사실 풀베기나 갈퀴질에 관한 일이라면 존스와 그 일당들보다도 훨씬 잘 알고 있었다. 돼지들은 사실상 육체노동이 아닌 다른 동물들에게 지시를 내리고 감독하는 일을 했다. 우수한 지식을 가진 돼지들이 지도자가 되는 것은 당연한 일이다. 복서와 클로버는 자기 몸에 마구를 채워 낫이나 갈퀴를 매달고(이제 재갈이나 고삐가 필요치 않음은 말할 것도 없다) 상황에 따라 "동무, 이랴!" 혹은 "동무, 워워!" 하고 소리치며 뒤따르는 돼지와 함께 터벅터벅 밭을 돌고 또 돌았다. 그리고 제일 작은 동물에 이르기까지 모든 동물들이 건초를 뒤집고 거두는 일을 했다. 심지어는 오리와 암탉까지도 땡볕 아래 분주하게 오가며 건초 몇 가닥을 부리로 물어 날랐다. 결국 동물들은 존스와 일꾼들이 평소에 했던 것보다 이틀 일찍 수확을 마쳤다. 더구나 지금까지 농장에서 보았던 그 어느 때보다도 수확량이 많았다. 암탉과 오리들이 눈을 부라리며 마지막 풀 한 가닥까지 남김없이 주워 모아서 버리는 것이 전혀 없었고 농장 동물 그 누구도 풀한 입 훔쳐 먹지 않았기 때문이다.

그해 여름 내내 농장 일은 시계처럼 정확하게 진행되었다. 동물들은 상상할 수 없을 만큼 행복했다. 먹이 한 입 한 입이, 인색한 주인이 아깝지만 마지못해 찔끔찔끔 나누어 주는 그런 것이 아니라 동물에 의해, 동물을 위해 생산된, 진정 동물들의 것이었기에 짜릿하고 절대적인 기쁨을 느꼈다. 쓸모없는 기생충 같은 인간이 사라지니 먹을 것이 더 많아졌다. 어떻게 써야 할지는 모르지만 여가 시간도 늘어났다. 비록 많은 고난에 맞닥뜨렸지만—일례로 그해 하반기에 곡식을 수확했을 때 농장에 탈곡기가 없어서 동물들은 옛날 방식 그대로 발로 밟아 알맹이를 털어 내고 입김으로 겨를 불어 내야 했다—돼지들의 두뇌와 복서의 웅장한 근육은 언제나 고난을 극복해 냈다. 동물들에게 복서는 감탄의 대상이었다. 그는 존스 시절에도 열심히 일했지만 지금은 말 세 마리가 하는 것보다 더 많은 일을 하는 것 같았다. 농장의 모든 일이 복서의 떡 벌어진 어깨에 달려 있다는 생각이 들 때도 있었다. 일이 가장 고된 현장에는 언제나 앞에서 끌고 뒤에서 미는 복서가 있었다. 그는 다른 동물들보다 삼십 분 일찍 깨워 달라고 어떤 수탉과 합의를 보았으며 하루 일과를 시작하기 전이라도 꼭 필요해 보이는 일이 있으면 자진해서 했다. 맞닥뜨리는 모든 문제, 모든 좌절에 대한 복서의 대답은 그가 개인적 좌우명으로 삼아 온 "나는 더 열심히 일할 것이다"였다.

하지만 동물 모두가 제 능력껏 일했다. 예를 들어 암탉과 오리는 수확 때 땅에 떨어진 낟알을 주워 곡식 백사십 킬로그램을 모았다. 아무도 훔치지 않았고 누구도 배급량에 불평하지 않았으며 지난날 일상의 한 부분이었던 싸움, 물어뜯기, 질투는 찾아보기 힘들었다. 누구도—아니 거의 누구도 꾀를 부리지 않았다. 몰리가 아침마다 일찍 일어나는 것을 힘들어하는 것과 걸핏하면 발굽에 돌이 박혔다는 둥 하면서 일터에서 조퇴하는 것은 사실이었다. 고양이의 태도도 조금 못마땅했는데 뭔가 일을 시키려고 하면 그때마다 모습을 감추고 절대로 나타나지 않는다는 사실이 곧 밝혀졌다. 그렇게 몇 시간 동안 사라졌다가 식사 시간이나 일이 끝난 저녁에 아무일 없었다는 듯 다시 나타났다. 하지만 그때마다 근사한 핑계를 댔고 너무나 사랑스럽게 가르랑거리는지라 일부러 그런 게 아니라는 말을 믿을 수밖에 없었다. 당나귀 영감 벤저민은 혁명 후에도 전혀 변함이 없는 것 같았다. 존스 시절과 마찬가지로 꾀를 부리지도 잔업에 자원하지도 않았지만 느릿느릿 고집스럽게 자기 일을 했으며 혁명과 그 결과에 대해서는 어떠한 의견도 내비치려 하지 않았다. 존스가 사라진 지금이 더 행복하지 않느냐고 물어보면 그저 "당나귀는 오래 살지. 너희는 죽은 당나귀를 본 적이 없을 걸" 하고 말할 뿐이라 다른 동물들은 이 아리송한 대답에 만족해야 했다.

일요일에는 작업이 없었다. 아침 식사는 평소보다 한 시간 늦었고 식사 후에는 매주 어김없이 행사가 거행되었다. 제일 먼저 깃발을 게양했다. 스노우볼은 마구실에서 찾아낸 존스 부인의 낡은 초록색 식탁보 위에 발굽과 뿔 그림을 그려 일요일 아침마다 농장집 정원 깃대에 달아 올렸다. 깃발은 영국의 푸른 들판을 상징하는 초록색이며 발굽과 뿔은 마침내 인류를 타도하는 날 세워질 미래의 동물 공화국을 의미한다고 스노우볼은 설명했다. 깃발을 게양한 다음 '대회'라고 부르는 전원이 참석하는 회의를 열기 위해 모든 동물들은 큰 헛간으로 무리를 지어 들어갔다. 그곳에서 다음 주의

업무가 계획되었고 결의안 상정과 토론이 이루어졌다. 결의안을 내놓는 것은 언제나 돼지들이었다. 다른 동물들은 투표하는 방법은 알았지만 스스로 결의안을 생각해 내지는 못했다. 토론에 가장 적극적인 것은 단연코 스노우볼과 나폴레옹이었지만 둘의 의견이 일치한 적은 한 번도 없었다. 뭐든지 한쪽이 제안하면 다른 한쪽은 반대했다. 은퇴한 동물을 위한 휴식처로 과수원 뒤쪽에 작은 방목장을 마련하자는 결의안이 의결되었을 때조차—안건 자체가 아무도 반대할 수 없는 것이므로—각종 동물들의 적절한 은퇴 연령을 두고 격렬한 논쟁이 벌어졌다. 대회는 언제나 〈영국의 동물들〉 제창으로 끝났고 오후는 여가 시간으로 주어졌다.

돼지들은 마구실을 본부로 배정하여 저녁마다 농장집에서 가져온 책을 보며 대장간 일과 목공 일 그리고 그밖에 필요한 기술을 연구했다. 스노우볼은 소위 '동물 위원회'를 조직하는 일에 열정을 불태웠다. 암탉들을 '달걀 생산 위원회'로, 젖소들을 '청결 꼬리 연맹'으로, 양들을 '결백 양털 운동단'으로 편성했고 '야생 동지 교화 위원회'(목적은 쥐와 토끼를 길들이는 것이다) 등등과 그밖에도 읽기와 쓰기를 가르치는 모임을 만들었다. 대체로 이 계획들은 성공하지 못했는데, 특히 야생동물을 길들이려는 시도는 거의 바로 실패했다. 야생동물들의 행동은 예전과 전혀 달라지지 않았고 너그럽게 대해 주면 그저 기어오를 뿐이었다. 고양이는 '교화 위원회'에 가입했고 며칠 동안은 매우 적극적이었다. 그러던 어느 날 고양이가 지붕에 앉아 먼발치에 있는 참새들과 이야기하는 장면이 목격되었다. 이제 모든 동물은 동지이므로 원한다면 자기 발등에 앉아도 된다고 말하는 중이었다. 하지만 참새들은 가까이 가지 않았다.

그러나 읽기와 쓰기 수업은 대성공이었다. 그해 가을에는 농장의 거의 모든 동물들이 문맹에서 어느 정도 벗어나게 되었다.

돼지들로 말할 것 같으면 이미 완벽하게 읽고 쓸 수 있었다. 사냥개들도 꽤 잘 읽을 수 있었지만 일곱 계명 외에 다른 무언가를 읽는 데는 관심이 없었다. 염소 뮤리엘은 개들보다 조금 더 잘 읽었고, 밤이면 가끔씩 쓰레기 더미에서 신문지 조각을 찾아내어 다른 동물들에게 읽어 주곤 했다. 벤저민은 여느 돼지만큼 읽을 수 있었지만 실력을 발휘하는 일은 결코 없었다. 그가 말하기로는 자기가 아는 한 그 무엇도 읽을 만할 가치가 없었다. 클로버는 글자를 전부 외우기는 했으나 단어로 연결하지는 못했다. 한편 복서는 D에서 더 이상 진도가 나가지 않았다. 그는 커다란 발굽으로 먼지 속에 A, B, C, D를 써놓고 귀를 뒤로 젖힌 채 다음에 나오는 글자가 무엇인지 기억해 내기 위해 안간힘을 썼다. 때로는 머리를 흔들면서 글자들을 바라보았지만 끝내 성공하지 못하고 우두커니 서 있기만 했다. 간혹 E, F, G, H가 생각나는 경우도 있었다. 그러나 그때마다 A, B, C, D를 잊어버린 사실을 깨달았다. 결국 복서는 처음 네 글자에 만족하기로 마음먹고 잊어버리지 않기 위해 매일 한두 번씩 써 보곤 했다. 몰리는 자기 이름 외에는 익히려 하지 않았다. 자잘한 나뭇가지를 모아 맵시 나게 '몰리' 두 글자를 써 놓고는 꽃 한두 송이로 장식한 다음 그 주위를 빙빙 돌며 감탄했다.

나머지 동물들은 A 한 글자밖에 외우지 못했다. 양이나 암탉, 오리처럼 지능이 낮은 동물들은 일곱 계명조차 외우지 못한다는 사실이 밝혀졌다. 곰곰이 생각하던 스노우볼은 일곱 계명은 사실상 하나의 계명으로 요약할 수 있다고 선언했다. "네 다리는 좋고 두 다리는 나쁘다!" 바로 여기에 동물주의의 근본 원칙이 담겨 있으며 누구든지 이 말만 철저히 이해하고 있으면 인간의 영향으로부터 벗어날 수 있다고 그는 말했다. 처음에는 자기들도 다리가 두 개라고 생각한 새들이 반대했지만 스노우볼은 그렇지 않다는 사실을 증명해 냈다.

"동지들, 새의 날개는." 스노우볼이 말했다. "이동을 하기 위한 기관이지 물건을 사용하기 위한 기관이 아니오. 그러므로 날개는 다리로 간주해야 하오. 모든 악행을 저지르는 도구인 '손'이야말로 인간의 가장 뚜렷한 특징이오."

스노우볼이 하는 긴 말을 새들은 도저히 알아들을 수 없었지만 그의 설명에 동의하기로 했다. 머리가 나쁜 동물들은 새로운 계명을 외우기 시작했다. "네 다리는 좋고 두 다리는 나쁘다"는 헛간 벽에 적힌 일곱 계명 위쪽에 더 큰 글씨로 적히게 되었다. 새로운 계명을 외울 수 있게 되자 양들은 계명에 더욱 큰 애착이 생겼다. 양들은 들판에 누워 있을 때면 입을 모아 "네 다리는 좋고 두 다리는 나쁘다! 네 다리는 좋고 두 다리는 나쁘다!" 하고 외쳐 대는 버릇이 생겼고 때로는 그렇게 몇 시간이나 지치지 않고 계속 떠들기도 했다.

나폴레옹은 스노우볼이 열을 올리는 위원회 따위에는 전혀 관심이 없었다. 그는 기성세대를 대상으로 실시되는 그 어떤 것보다 청년에 대한 교육이 훨씬 중요하다고 생각했다. 건초 수확이 끝나고 얼마 후 사냥개 제시와 블루벨이 튼튼한 강아지 아홉 마리를 낳았다. 나폴레옹은 강아지들이 젖을 떼자마자 자기가 교육을 책임지겠다며 어미에게서 떨어뜨려 놓았다. 그는 마구실에서 사다리를 타고 올라가야만 다다를 수 있는 다락방에 강아지들을 데려다 놓고 계속 외부와 격리시켰는데, 그러는 사이 농장 동물들은 강아지의 존재를 잊어버리고 말았다.

우유의 행방을 둘러싼 수수께끼는 곧 풀렸다. 돼지 먹이에 매일 우유가 섞여 나가고 있었다. 조생종 사과는 한창 익어 가는 중이었고 과수원 풀밭에는 바람에 떨어진 사과가 흩어져 있었는데 당연히 동물들은 사과를 공평하게 나누어 주리라 생각했다. 그러나 어느 날, 떨어진 사과를 모두 주워 돼지들이 먹도록 마구실로 가져오라는 명령이 내려왔다. 이에 몇몇 동물들이 수군거렸지만 아무 소용이 없었다. 이 점에 대해서는 돼지들의 의견이 완전히 일치했다. 심지어 스노우볼과 나폴레옹까지도. 다른 동물들에게 필요한 설명을 하기 위해 스퀼러가 파견되었다.

"동지들이여!" 스퀼러가 외쳤다. "우리 돼지들이 이기심이나 특권 의식 때문에 그런다고 여기시 밀길 마시오. 사실 돼지들은 대부분 우유와 사과를 싫어하오. 나부터도 싫소. 우리가 그런 것을 먹는 목적은 오로지 건강을 유지하기 위해서요. 우유와 사과는 돼지들의 건강에 절대적으로 필요한 물질(과학적으로 증명되었소, 동지들)을 함유하고 있소. 우리 돼지들은 두뇌 노동자요. 이 농장의 관리와 조직은 모두 우리에게 달려 있소. 밤낮으로 우리는 동지들의 복지를 지키고 있소. 우리가 우유와 사과를 먹는 것은 동지들을 위해서요. 만약 우리 돼지들이 의무를 다하지 못하면 어떤 일이 일어날지 동지들은 아시오? 존스가 돌아올 것이오! 그렇소. 존스가 다시 돌아온단 말이오, 틀림없이, 동지들이여!" 좌우로 왔다 갔다 서성이며 꼬리를 흔들던 스퀼러가 애원하듯 외쳤다. "우리 중에 존스가 돌아오는 것을 보고 싶은 동무가 하나라도 있단 말이오?"

만약 동물들이 절대적으로 확신하는 것이 하나 있다면, 바로 존
스가 돌아오길 바라지 않는다는 사실이다. 그런 점을 들먹이면 더
는 따질 수가 없다. 돼지들의 건강이 매우 중요함은 너무나도 명백
했다. 그리하여 더 이상의 논의 없이 우유와 떨어진 사과(그리고 다
익어서 수확한 사과 역시)는 오직 돼지들에게만 제공되어야 한다고 결
정되었다.

CHAPTER IV

늦여름에 접어들자 동물 농장에서 발생한 사건에 대한 소식이
지역의 절반으로 퍼져 나갔다. 스노우볼과 나폴레옹은 매일 비둘
기를 날려 보내며 이웃 농장 동물들에게 접근하여 혁명에 관한 이
야기와 〈영국의 동물들〉 노래를 가르치도록 지시했다.

그 당시 존스는 윌링던의 '레드 라이온' 술집에 처박혀 들어주는
사람 아무나 붙잡고 아무짝에도 쓸모없는 동물 패거리들이 주인을
내쫓는 극악무도한 짓을 저질렀다는 불평을 늘어놓는 것으로 세
월을 보내고 있었다. 다른 농장주들은 대체로 존스를 동정했지만
처음에는 별다른 도움을 주지 않았다. 마음속으로 어떻게든 존스
의 불행을 자기에게 유리한 방향으로 이용할 수 있지 않을까 생각
했다. 동물 농장과 이웃한 두 농장의 주인이 서로 오랜 앙숙인 것
은 그나마 다행스러운 일이었다. 그중 폭스우드라는 농장은 규모가
큰 구식 농장이었는데, 웃자란 수풀에 뒤덮인 목초지는 온통 황폐

했고 산울타리는 볼썽사나운 상태로 방치되어 있었다. 농장주 필킹턴 씨는 대부분의 시간을 계절 따라 낚시나 사냥으로 보내는 느긋한 신사 같은 농부였다. 핀치필드라는 이름의 또 다른 농장은 그보다 조금 작았지만 관리는 훨씬 잘 되어 있었다. 농장주 프레데릭 씨는 거칠고 약삭빠른 사내로 끊임없이 소송에 휘말렸고 또한 양보가 없기로 정평이 난 인물이었다. 그들은 서로가 서로를 질색했고 자신들의 이익을 지키는 일에서조차 합의를 보기가 어려웠다.

그럼에도 불구하고 두 사람 모두 동물 농장에서 일어난 혁명에 크게 놀랐고 자기 농장 동물들이 그 일에 대해 지나치게 많이 알게 되는 사태를 막으려고 안달했다. 처음에는 동물이 농장을 관리한다는 발상을 깔보고 비웃는 척했다. 보름이면 모든 것이 끝장날 것이라고 했다. 그들은 매너 농장('동물 농장'이란 이름은 도저히 봐줄 수가 없어 끝까지 매너 농장이라고 불렀다) 동물들은 서로 싸우기만 하다가 순식간에 굶어 죽을 것이라는 소문을 퍼뜨렸다. 하지만 시간이 지나도 동물들이 굶어 죽지 않자 프레데릭과 필킹턴은 말을 바꾸어 이번에는 동물 농장에서 성행하고 있는 끔찍하도록 부도덕한 행위에 대해 꾸며 대기 시작했다. 그곳 동물들은 서로 잡아먹고 시뻘겋게 단 편자로 고문하고 암컷을 공유한다는 소문을 퍼뜨렸다. 이것이야말로 자연의 이치를 거스른 반역의 결과라고 프레데릭과 필킹턴은 말했다.

하지만 이러한 소문을 사람들 모두가 믿은 것은 아니었다. 인간을 쫓아내고 모든 것을 동물들 스스로 관리하는 경이로운 농장에 대한 소문은 모호하고 왜곡된 형태로 계속 번져 나갔고, 그해 내내 반항의 물결은 지역 전체로 퍼져 나갔다. 언제나 온순했던 황소

32

가 갑자기 사나워지는가 하면 양은 울타리를 부수고 나와 토끼풀을 닥치는 대로 뜯어 먹었으며 젖소는 우유통을 차 넘어뜨렸고 사냥말은 울타리를 뛰어넘지 않고 등에 태운 사람을 내동댕이쳤다. 무엇보다도 〈영국의 동물들〉 곡조와 가사까지 두루 알려졌다. 노래는 놀라운 속도로 퍼져 나갔다. 그 노래를 듣고 인간들은 그저 터무니없는 노래라며 겉으로는 무시하는 척했지만 속으로는 분노를 억누를 수 없었다. 아무리 짐승이라 하지만 어떻게 그런 가증스런 헛소리를 노래로 부를 수 있는지 도저히 이해할 수가 없다고 인간들은 말했다. 〈영국의 동물들〉을 부르다 잡힌 동물은 그 자리에서 매를 맞았다. 그렇지만 노래를 막을 수는 없었다. 지빠귀는 산울타리 속에서, 비둘기는 느릅나무 위에서 노래를 불렀고, 대장간 망치질 소리에도 교회 종소리에도 노랫소리가 섞여 들어갔다. 인간들은 노래 속에 들어 있는 자신들의 운명에 대한 예언을 듣고 남몰래 몸서리를 쳤다.

시월 초, 곡식을 베어다 쌓고 일부는 이미 타작을 마쳤을 무렵. 공중을 맴돌던 비둘기 떼가 몹시 흥분하여 동물 농장 마당에 내려앉았다. 존스와 패거리 전원이 폭스우드와 핀치필드 사람 여섯과 합세하여 다섯 가로대 대문을 지나 농장으로 이어지는 마찻길로 올라오고 있다는 소식이었다. 존스가 총을 들고 잎장섰고 나머지는 모두 몽둥이를 들었다. 명백히 농장을 탈환하려는 시도였다.

이미 오래전부터 예상된 바였고 모든 준비는 되어 있었다. 농장 집에 있던 낡은 카이사르의 전기戰記를 연구한 스노우볼이 방어 작전을 맡았다. 신속하게 명령이 떨어졌고 모든 동물들이 제 위치에 배치되었다.

인간들이 농장 건물로 접근하자 스노우볼은 첫 공격을 개시했다. 서른다섯 마리에 이르는 비둘기들이 머리 위로 이리저리 날아다니며 공중에서 똥을 싸 갈겼고, 인간들이 이에 맞서는 동안 산울타리 뒤에 숨어 있던 거위들이 뛰쳐나와 장딴지를 맹렬하게 쪼아 댔다. 그러나 이것은 적을 혼란에 빠트리기 위한 소규모 기동작전에 지나지 않았다. 인간들은 몽둥이를 휘둘러 손쉽게 거위들을 제압했다. 스노우볼은 대기 중인 제2선 공격대를 출격시켰다. 앞장선 스노우볼과 함께 뮤리엘, 벤저민 그리고 양들이 모두 달려 나갔다. 벤저민이 몸을 돌려 작은 발굽으로 인간들을 걷어차는 동안 다른 동물들은 사방에서 뿔로 찌르고 들이받았다. 그러나 몽둥이와 밑창에 징을 박은 장화로 무장한 인간은 이번에도 너무나 강했다. 그리고 갑자기, 후퇴 신호인 스노우볼의 꽥 하는 외침을 듣고 동물들은 그대로 돌아서서 대문을 지나 마당으로 도망쳐 들어갔다.

인간들은 승리의 함성을 질렀다. 예상했던 대로였다. 도망치는 적을 보자 인간들은 대형을 무너뜨리고 추격해 왔다. 바로 그것이 스노우볼의 노림수였다. 인간들이 모두 마당에 들어서자마자 외양간에 매복해 있던 말 세 마리, 젖소 세 마리 그리고 나머지 돼지들이 후방에서 홀연히 모습을 드러내고 퇴로를 차단했다. 그제야 스노우볼은 돌격 신호를 보냈다. 스노우볼은 곧장 존스를 향해 돌진했다. 그것을 본 존스는 총을 쏘았다. 총알은 스노우볼의 등을 스치며 기다란 핏빛 상처를 남겼고 양 한 마리가 그 자리에서 죽어 넘어졌다. 잠시의 머뭇거림도 없이 스노우볼은 백 킬로그램의 몸뚱이를 존스의 다리를 향해 내던졌다. 존스는 똥 더미에 처박혔고 손에서 놓친 총은 저 멀리 날아갔다. 그러나 가장 무시무시한 광경은 마치 종마처럼 뒷발로 우뚝 서서 무쇠 편자를 박은 거대한 발굽을 휘두르는 복서의 모습이었다. 그의 일격에 머리통을 얻어맞은 폭스우드 농장 마구간지기 소년은 진흙탕에 죽은 듯이 뻗어 버렸다. 그 장면을 본 일꾼 몇몇은 몽둥이를 버리고 도망치려 했다. 인간들은 극도의 공포심에 사로잡혔다. 그리고 다음 순간, 동물들은 마당을 빙글빙글 돌며 도망쳐 다니는 인간들을 다 함께 뒤쫓았다. 인간들은 들이받히고 걷어채고 물어뜯기고 짓밟혔다. 농장 동물들은 한 마리도 빠짐없이 인간에게 나름대로 복수했다. 심지어 고양이조차 지붕에서 소몰이꾼의 어깨로 뛰어내려 발톱으로 목덜미를 할퀴었고, 소몰이꾼은 공포에 질려 비명을 질렀다. 대문이 열리는 순간, 인간들은 살았다는 듯 마당에서 뛰쳐나가 큰길을 향해 달아났다. 그리하여 쳐들어온 지 오 분 만에, 올 때와 같은 길로, 씩씩거리는 거위 떼에게 내내 종아리를 물어 뜯겨 가면서 인간들은 불명예스러운 퇴각을 하고 말았다.

한 명을 제외하고 인간들은 모두 사라졌다. 다시 마당으로 돌아온 복서가 진흙탕에 얼굴을 처박고 쓰러져 있는 마구간지기 소년을 돌려 눕히려고 발굽으로 땅을 긁어 댔다. 하지만 소년은 꼼짝하지 않았다.

"죽었어." 복서가 슬프게 말했다. "죽일 생각은 아니었는데. 발굽에 쇠 편자를 달고 있다는 걸 깜빡했어. 고의가 아니란 걸 누가 믿어 줄까?"

"감상은 금물이오, 동무!" 상처에서 여전히 피를 뚝뚝 흘리며 스노우볼이 소리쳤다. "전쟁은 전쟁이오. 좋은 인간은 오직 죽은

35

인간뿐이란 말이오."

"난 생명을 빼앗고 싶지는 않아. 인간의 생명이라 할지라도." 복서는 그렇게 되뇌었다. 눈에는 눈물이 가득했다.

"몰리는 어디 있지?" 누군가 소리쳤다.

정말로 몰리가 보이지 않았다. 잠시 동물들은 엄청난 불안감에 휩싸였다.

인간들이 어찌어찌 몰리를 해쳤거나 납치했을지도 모른다며 모두들 걱정했다. 하지만 결국 자기 외양간 여물통 건초 속에 머리를 처박고 숨어 있는 몰리를 찾아냈다. 총이 발사되자마자 그대로 내뺀 모양이다. 몰리를 찾으러 갔던 동물들이 돌아왔을 때, 마구간지기 소년의 모습은 보이지 않았다. 사실은 기절해 있다가 정신이 들자 도망친 것이다.

거친 흥분 속에 다시 모인 동물들은 전투에서 자기가 세운 공적을 목청껏 떠들어 냈다. 즉흥적으로 전승 축하 행사가 열렸다. 초록 깃발을 올리고 〈영국의 동물들〉을 몇 번이나 불렀다. 죽은 양을 위해 엄숙한 장례식이 치러졌고 무덤 위에 산사나무 관목 한 그루를 심었다. 무덤가에서 스노우볼은 필요하다면 모든 동물들은 농장을 위해 죽을 각오가 되어 있어야 함을 강조하는 짤막한 연설을 했다.

동물들은 '1급 동물영웅' 무공훈장을 만들 것을 만장일치로 결정하여 그 자리에서 스노우볼과 복서에게 수여했다. 그 훈장은 놋쇠로 된 메달(실상은 마구실에서 찾아낸 낡은 놋쇠 장식 조각)인데 일요일과 공휴일에 달도록 했으며 '2급 동물영웅' 무공훈장도 만들어 전사한 양에게 추서했다.

그 전투를 무엇이라 불러야 하는가에 대해 많은 논의가 있었지만 결국 '외양간 전투'로 명명되었다. 그곳에서 복병이 튀어나왔기 때문이다. 동물들은 진흙탕에 박혀 있던 존스의 총을 찾아냈고 농장집에 비축된 탄약이 있다는 것도 알게 되었다. 찾아낸 총은 마치 대포처럼 깃대 아래 세워 두고 일 년에 두 번—한 번은 10월 12일 외양간 전투 전승 기념일에, 한 번은 혁명 기념일인 6월 24일 세례 요한 축일에—쏘기로 결정되었다.

CHAPTER V

겨울이 깊어 갈수록 몰리는 점점 더 골칫거리가 되었다. 매일 아침 늦잠을 잤다는 변명을 늘어놓으며 작업에 지각을 했고 원인 모를 통증을 호소했지만 식욕만은 대단했다. 온갖 핑계로 작업에서 빠져나간 몰리는 식수용 연못으로 가서 물에 비친 자기 모습을 바라보며 바보처럼 서 있곤 했다. 심상치 않은 소문도 들렸다. 하루는 몰리가 긴 꼬리를 흔들고 건초를 질겅거리며 태평하게 마당을 산책하고 있는데 클로버가 나타나 그녀를 한쪽으로 데리고 갔다.

"몰리." 클로버가 말했다. "너한테 진지하게 할 말이 있어. 오늘 아침 네가 동물 농장과 폭스우드 농장 사이 울타리 너머를 쳐다보는 걸 봤어. 울타리 건너편에는 필킹턴네 일꾼 하나가 서 있었고. 그리고—아주 먼발치였지만 분명히 보였는데—일꾼이 너에게 무언가 말을 했고 넌 콧등을 내주어 긁게 해 주었잖아. 몰리, 그게 무슨 의미지?"

"그 사람은 안 그랬어! 나도 안 그랬어! 사실이 아니야!" 몰리는 이리저리 날뛰며 땅을 박차고 소리를 지르기 시작했다.

"몰리, 내 눈을 봐. 그 남자가 네 코를 쓰다듬지 않았다고 명예를 걸고 말해 주겠니?"

"사실이 아니야!" 몰리는 우겨 댔지만 클로버의 눈을 바라보지는 못했고, 잠시 후 들판으로 내달려 줄행랑을 쳤다.

문득 어떤 생각이 클로버의 뇌리를 스쳤다. 그녀는 다른 동물들에게는 말하지 않고 몰리의 외양간으로 가서 발굽으로 밀짚을 헤집었다. 그 밑에는 작은 각설탕 덩어리와 색색가지 리본이 몇 개나 감춰져 있었다.

사흘 후 몰리는 사라졌다. 몇 주 동안 그녀의 행방에 대해서는 알려진 바가 없었다. 그러던 어느 날 비둘기들이 윌링던 저 멀리에서 몰리를 발견했다고 보고했다. 몰리는 어느 선술집 밖에 세워 둔 빨간색과 검정색 페인트를 칠한 말쑥한 이륜마차의 굴대 사이에 있었는데 술집 주인으로 보이는 체크무늬 바지에 각반을 찬 붉은 얼굴의 뚱뚱한 사내가 몰리의 코를 쓰다듬으며 설탕을 먹이고 있었다고 했다. 털은 최근에 새로 깎았고 진홍색 리본을 앞머리 갈기에 매달고 있었으며 즐거워하는 것 같았다고 비둘기들은 말했다. 동물들은 그 후로 몰리에 대한 이야기를 두 번 다시 입에 올리지 않았다.

일월, 날씨는 몹시도 가혹했다. 얼어붙어 무쇠처럼 단단해진 들판에서는 아무것도 할 수 없었다. 큰 헛간에서는 많은 '대회'가 열렸고 돼지들은 다가올 계절의 계획을 세우느라 정신이 없었다. 비록 다수결로 승인되어야 했지만 농장 정책에 대한 모든 안건은 다른 동물들보다 확실히 지능이 높은 돼지들이 정하는 것으로 결정되었다. 스노우볼과 나폴레옹 사이에 분쟁만 없었더라면 이러한 방식으로 충분히 순조롭게 농장은 운영될 수 있었을 것이다.

의견 충돌이 일어날 수 있는 모든 지점에서 둘의 의견은 충돌했다. 가령 어느 한쪽이 더 넓은 면적에 보리를 파종하자고 제안하면 다른 한쪽은 귀리를 파종할 것을 요구했고, 한쪽이 어느 밭은 양배추를 심기에 적합하다고 하면 한쪽은 근채류 말고는 뭘 심어도 소용없다고 주장했다. 서로 각자 추종자들이 있었고 간혹 열띤 논쟁도 벌어졌다. '대회'에서는 대개 언변이 뛰어난 스노우볼이 과반을 차지했지만 틈틈이 나서는 지지 유세는 나폴레옹 쪽이 더 능했다. 그는 특히 양들과 친했다. 요즘 들어 양들은 시도 때도 없이 "네 다리는 좋고 두 다리는 나쁘다" 하고 소리를 지르는 버릇이 생겼는데 특히 스노우볼의 연설이 결정적인 순간에 접어들 무렵에 외쳐 대기 일쑤였고 그 때문에 '대회'가 중단되기도 했다. 스노우볼은 농장집에서 발견한 잡지 「농부와 목축업자」 과월호 몇 권을 면밀히 연구했고 그의 머릿속은 혁신과 개량을 위한 계획으로 가득했다. 스노우볼은 배수지[1]와 사일리지[2], 염기성 슬래그[3]에 대해 학자처럼 말했으며 똥 치우는 수고를 덜기 위해 모든 동물들이 매일 밭의 다른 지점에 바로 똥을 누는 복잡한 계획을 세웠다. 나폴레옹은 계획을 세우지는 않았으나 스노우볼의 계획이 수포로 돌아갈 것이라고만 조용히 말했다. 마치 적당한 시기가 오기를 기다리는 것 같았다. 하지만 그 모든 논란 가운데 풍차를 둘러싼 논

---

(1) 정화시킨 물을 가둬 두는 연못.
(2) 목초나 사료작물을 건조시키지 않고 발효하여 저장한 사료.
(3) 제철 과정에서 발생하는 찌꺼기로 만든 비료.

란만큼 격렬한 것은 없었다.

농장 건물에서 그리 멀지 않은 기다란 모양의 목초지에 작지만 농장에서 가장 높은 언덕이 하나 있다. 토지 조사를 마친 후 스노우볼은 그곳이 발전기를 돌려 농장에 전력을 공급할 풍차를 만들기에 가장 적합하다고 주장했다. 그리고 전기로 외양간에 불을 밝히고 겨울에는 난방을 하며 원반 톱과 밀집 절단기, 사탕무 절단기 그리고 착유기도 작동시킬 것이라고 했다. 동물들은 지금까지 그런 것들에 대해서는 들어 본 적도 없었다(매너 농장은 가장 원시적인 기계만 갖춘 구식 농장이었기 때문에). 자기들이 풀밭에서 느긋이 풀을 뜯고 독서와 대화로 마음을 살찌우는 동안 일을 대신해 줄 환상적인 기계에 대한 스노우볼의 설명을 동물들은 놀라움 속에 경청했다.

몇 주 내로 스노우볼의 풍차 설계도가 완성될 것이다. 기계적인 세부 사항은 거의 존스가 가지고 있던 세 권의 책 『건축에 대한 유용한 상식 1,000가지』 『독학으로 배우는 벽돌 쌓기』 『초보자를 위한 전기 공사』에서 참고했다. 스노우볼은 한때 부화장으로 쓰던 작은 창고를 연구실로 사용했다. 매끈한 마룻바닥이 있어 제도를 하기에 알맞았다. 한번 거기에 들어가면 스노우볼은 몇 시간이나 틀어박혀 있었다. 책을 펼쳐 돌로 눌러 놓은 채 분필을 앞다리 발굽 사이에 끼우고 이리저리 분주하게 움직이며 선을 긋고 또 그었고 흥분 속에서 조용히 꿀꿀댔다. 설계도는 점차 크랭크와 톱니바퀴가 뒤얽힌 복잡한 덩어리가 되어 마룻바닥의 절반 이상을 뒤덮었는데, 다른 동물들은 뭐가 뭔지 전혀 이해할 수 없었지만 인상적인 그림이라고 생각했다. 적어도 하루에 한 번씩 동물들은 스노우볼의 설계도를 보러 왔다. 암탉과 오리도 와서는 분필 자국을 밟지 않도록 애쓰며 구경했다. 시큰둥한 건 나폴레옹뿐이었다. 그는 처음부터 풍차에 반대한다고 선언한 바 있었다. 그런데 어느 날, 뜻밖에도 나폴레옹이 설계도를 검토하기 위해 찾아왔다. 그는 무거운 걸음으로 창고를 돌아다니다가 설계도 구석구석을 자세히 살펴보더니 한 번인가 두 번인가 코를 킁킁거리고는 그대로 멈춰 선 채로 도면을 흘겨보며 잠시 생각에 잠겼다. 그러고 나서 다리 한 짝을 들어 설계도 위에 오줌을 갈기고 말 한 마디 없이 걸어 나갔다.

풍차 문제로 온 농장이 들썩였다. 스노우볼은 풍차 건설이 힘든 일임을 부인하지 않았다. 돌을 날라다 벽을 쌓아야 하며 날개를 만들고 난 다음에는 발전기와 전선도 필요해질 것이다(어떻게 그것들을 구할지는 말하지 않았다). 하지만 전부 일 년이면 끝날 것이며 그 후로는 노동력이 대폭 절감되어 동물들은 일주일에 단 사흘만 일해도 될 것이라 주장했다. 그 반면 나폴레옹은 지금 이 순간 가장 필요한 것은 식량 생산을 늘리는 것이며 풍차에 시간을 낭비하다가는 모두 굶어 죽을 것이라 주장했다. 동물들은 "스노우볼에 투표하여 주3일 노동을!"과 "나폴레옹에 투표하여 여물통을 가득히!"라는 구호 아래 두 편으로 갈라졌다. 벤저민만 유일하게 어느 편도 들지 않았다. 먹이가 풍부해질 거라느니 풍차가 노동력을 절감해 줄 거라느니 하는 말을 믿지 않았던 것이다. 풍차가 있건 없건 앞으로의 삶은 지금까지의 삶과 마찬가지일 거라고—다시 말해 점점 더 나빠질 거라고—벤저민은 말했다.

풍차를 둘러싼 논쟁 외에도 농장 방어에 대한 문제가 있었다. 비록 인간들이 외양간 전투에서 패배하긴 했지만 기필코 농장을 탈환하고 존스를 복귀시키기 위해 또다시 더욱 비장한 시도를 감행하리라는 것을 동물들은 충분히 예상할 수 있었다. 인간이 패배했다는 소식이 지역 전체로 퍼져 나가 인근 농장 동물들이 그 어느 때보다도 들떠 있었기 때문에 더더욱 그럴 수밖에 없을 것이다. 늘 그렇듯 스노우볼과 나폴레옹은 의견이 맞지 않았다. 동물들이 해야 할 일은, 나폴레옹의 주장에 따르면 무기를 구해 사용법을 익히는 것이었고 스노우볼의 주장에 따르면 비둘기를 더 많이 날려 보내 다른 농장 동물들도 혁명을 일으키게 하는 것이었다. 한쪽이 자신을 지키지 못하면 필시 정복되고 말 것이라고 주장하면, 다른 한쪽은 모든 농장에서 혁명이 일어나면 자신을 지킬 필요가 없다고 반박했다. 동물들은 먼저 나폴레옹의 연설을 들은 다음 스노우볼의 연설을 들었는데, 어느 쪽이 옳은지 결정할 수 없었다. 사실 동물들은 언제나 자기 눈앞에서 말하는 쪽의 주장에 동의했다.

마침내 스노우볼의 설계도가 완성되는 그날이 왔다. 풍차 건설에 착수할 것인가 아닌가에 대한 문제는 다음 일요일 '대회'에서 표결에 부쳐질 것이다. 동물들이 큰 헛간에 모두 모이자 스노우볼이 일어나, 간간이 양들의 소란에 방해를 받으면서, 풍차 건설을 지지해야 하는 이유를 제시했다. 그러자 나폴레옹이 일어나 반박했다. 낮은 목소리로 풍차는 말도 안 되며 찬성해서는 안 된다고 조언하고는 즉시 제자리에 앉았다. 나폴레옹의 발언은 고작 삼십 초였고 그 효과 따위에는 조금도 신경 쓰지 않는 것 같았다. 스노우볼이 벌떡 일어나더니 또다시 소란을 일으키려 하는 양들을 일 갈로 침묵시키고 풍차에 찬성하기를 열렬히 호소하기 시작했다. 이 때까지 동물들은 찬반이 거의 동수로 의견이 나뉘었지만, 이번 스노우볼의 웅변에는 모두 넋을 잃고 말았다. 비루한 노동의 짐을 벗어 버린 동물들의 농장을 찬란한 문장으로 그려 냈다. 그의 상상력은 이제 밀짚 절단기와 사탕무 절단기를 훨씬 넘어섰다. 전기로 탈곡기, 경운기, 써레, 땅고르개, 수확기, 짚단 결속기를 작동시킬 수 있을 뿐만 아니라 외양간마다 전등을 달고 온수와 냉수를 공급하며 그리고 전기 난방도 제공할 수 있다고 말했다. 스노우볼이 연설을 마칠 무렵에는 표가 어느 쪽으로 갈지 의심할 여지가 없었다. 하지만 바로 그때였다. 나폴레옹이 일어나 불쾌한 눈빛으로 스노우볼을 쩨려보았다. 그리고 지금껏 한 번도 낸 적이 없는 찢어지는 고음으로 꽤액! 하고 소리를 질렀다.

그러자 밖에서 무시무시한 개 짖는 소리가 나더니 놋쇠 못이 박힌 목띠를 한 커다란 사냥개 아홉 마리가 큰 헛간 안으로 들이닥쳤다. 개들은 곧장 스노우볼을 향해 덤벼들었다. 스노우볼은 앉은 자리에서 뛰어올라 물어뜯으려는 턱에서 겨우 벗어날 수 있었다. 눈 깜빡할 사이 스노우볼은 문밖으로 도망쳤고 개들은 그 뒤를 쫓았다. 너무 놀라고 겁이나 말문이 막힌 동물들은 그 추격전을 보기 위해 문가로 몰려들었다. 스노우볼은 큰길로 이어지는 긴 목초지를 가로질러 쏜살같이 달리고 있었다. 돼지가 할 수 있는 최선을 다해 달렸지만 개들은 어느새 꽁무니까지 바싹 다가왔다. 그러다 스노우볼이 갑자기 발을 헛디뎌 이제 잡히는가 싶었지만 다시 일어나 그전보다 더 빠르게 뛰었다. 개들은 다시 따라잡았다. 그중 한 마리가 스노우볼의 꼬리를 물려는 찰나, 스노우볼은 꼬리를 흔들어 사냥개의 아가리에서 간발의 차이로 꼬리를 빼냈다. 그리고는 더욱 힘을 짜내어 아슬아슬하게 산울타리 아래 난 구멍으로 빠져나가 더 이상은 보이지 않았다.

겁에 질려 할 말을 잃은 동물들이 살금살금 헛간으로 돌아왔다. 사냥개들도 곧 되돌아왔다. 처음엔 이 짐승이 대체 어디에서 나타난 것인지 아무도 알 수가 없었지만 의문은 금세 풀렸다. 어미로부터 빼앗은 강아지들을 나폴레옹이 몰래 길러 왔던 것이다. 아직 다 자라지는 않았지만 덩치가 컸고 사나운 그 모습은 마치 늑대와도 같았다. 개들은 나폴레옹 곁을 떠나지 않았다. 그리고 다른 개들이 존스에게 꼬리를 쳤던 것처럼 나폴레옹을 보고 꼬리를 흔들었다.

나폴레옹은 사냥개를 거느리고 바닥을 돋워 만든 연단에 올라섰다. 전에 메이저가 서서 연설을 하던 곳이다. 그리고 성명을 발표했다. 이제부터 일요일 아침 '대회'는 폐지한다. '대회'는 불필요한 시간 낭비일 뿐이며 농장 일과 관련된 모든 문제는 앞으로 자신이 주재하는 돼지 특별위원회가 결정한다. 돼지들은 비공개로 회의를 하고 결정된 사항은 나중에 다른 동물들에게 전달한다. 동물들은 계속 일요일 아침마다 모여 깃발에 경례하고 〈영국의 동물들〉을 제창한 후 주간 지시를 받겠지만 더 이상 토론은 하지 않을 것이다.

스노우볼을 축출한 것에 이미 큰 충격을 받았음에도 동물들은 이 성명을 듣고 또 한 번 경악했다. 만약 정당한 근거만 찾을 수 있었다면 동물들은 이의를 제기했을 것이다. 복서조차 막연히 불안해했다. 몇 번이고 귀를 뒤로 젖혔다가 앞머리 갈기를 흔들었다가 하면서 생각을 가다듬으려 안간힘을 썼다. 하지만 결국 아무런 말도 생각해 내지 못했다. 그러나 몇몇 돼지는 자기 생각을 좀 더 능숙하게 표현했다. 앞줄에 앉은 젊은 비육돈 네 마리는 반대의 표시로 일제히 자리에서 일어나 꿀꿀대며 떠들기 시작했다. 하지만 나폴레옹 주위에 앉아 있던 개들이 위협적으로 낮게 으르렁거리자 모두 입을 다물고 다시 자리에 앉았다. 그때 양들이 엄청난 소리로 "네 다리는 좋고 두 다리는 나쁘다!" 하고 울어 대기 시작하여 거의 십오 분이나 계속하는 바람에 반론의 기회는 사라지고 말았다.

새로운 농장 운영 원칙을 다른 동물들에게 설명하기 위해 스퀼러가 농장 도처로 파견되었다.

"동지들." 스퀼러가 말했다. "자진하여 이러한 추가적인 임무를 떠맡은 나폴레옹 동무의 희생정신에 여기 있는 동물 동지들 모두가 감동했을 것이라 믿소. 동지들, 지도자가 편할 것이라 생각하지는 마시오! 오히려 깊고 무거운 책임감을 느끼오. 동물은 모두 평등하다고 나폴레옹 동무보다 굳게 믿는 동물은 없소. 동지들이 직접 결정을 내릴 수 있다면 나폴레옹 동무도 더 없이 기뻐할 것이오. 하지만 때로는 잘못된 결정을 내릴 수도 있소. 동지들, 그럼 우리는 어떻게 되겠소? 풍차 같은 헛소리를 믿고 스노우볼을 따르기로 결정했다고 상상해 보시오. 다들 알다시피 범죄자보다 못한 스노우볼을."

"스노우볼은 외양간 전투 때 용감히 싸웠어요!" 누군가 말했다.

"용감한 것만으로는 부족하오." 스퀼러가 말했다. "충성과 복종이 훨씬 더 중요하지. 외양간 전투에 대해서 말이오만, 나는 스노우볼의 활약이 너무 과장되었다고 깨닫는 날이 오리라 믿소. 규율이오, 동지들, 엄격한 규율! 이것이 오늘의 좌우명이오. 한 걸음만 헛디디면 적이 우리를 덮칠 것이오. 동지들, 설마 존스가 돌아오기를 바라는 것이오?"

그 주장에는 이의를 제기할 수가 없다. 분명 동물들은 존스가

45

돌아오는 것을 원하지 않았다. 만약 일요일 아침에 토론을 하는 것이 존스를 복귀시킬 가능성이 있다면, 그렇다면 토론은 없어져야 한다. 그때까지 골똘히 생각에 잠겨 있던 복서가 동물들 대부분이 느낀 감정을 이런 말로 표현했다. "만약 나폴레옹 동무가 그렇게 말했다면 분명 그 말이 맞을 거야." 그리고 그때부터 복서는 "나는 더 열심히 일할 것이다"에 더하여 "나폴레옹은 항상 옳다"를 좌우명으로 삼기로 했다.

그맘때쯤 계절은 변해 봄갈이가 시작되었다. 스노우볼이 풍차 설계도를 그리던 작은 창고는 폐쇄되었고 설계도는 마룻바닥에서 지워졌을 것이다. 매주 일요일 오전 열 시에 동물들은 한 주의 지시를 받기 위해 큰 헛간에 집합했다. 지금은 살점 하나 남지 않은 메이저 영감의 해골은 과수원에서 파내져 총을 기대어 놓은 깃대 옆 나무 그루터기 위에 놓여졌다. 깃발을 게양한 후 큰 헛간으로 입장하기 전에 동물들은 성선한 대도로 해골 앞을 줄지어 지나가야 했다. 이제 동물들은 예전처럼 한데 모여 앉지 않았다. 나폴레옹은 스퀼러와 작곡과 작시에 재능이 뛰어난 미니무스라는 이름의 돼지와 함께 한 단 높은 연단 앞쪽에 앉았고 젊은 사냥개 아홉 마리가 그들을 반원형으로 둘러쌌으며 다른 돼지들은 그 뒤에 앉았다. 나머지 동물들은 헛간 중앙에 돼지들과 마주 보고 앉았다. 나폴레옹은 다음 주 지시사항을 군인처럼 무뚝뚝하게 읽어 내려갔고 동물들은 〈영국의 동물들〉을 한 번 부른 후 해산했다.

스노우볼의 축출 후 세 번째 맞는 일요일, 풍차를 건설할 것이라는 나폴레옹의 선언을 듣고 동물들은 조금 놀랐다. 나폴레옹은 마음이 바뀐 것에 대해 아무런 이유를 제시하지 않았고 다만 이 추가적인 작업은 매우 고될 것이며 먹이 배급이 줄어들 수도 있다고만 경고했다. 한편 설계도는 세세한 부분까지 모두 완성되어 있었다. 돼지 특별위원회는 지난 삼 주 동안 이 작업에 몰두했던 것이다. 풍차 건설은 여러 가지 다른 개량 작업과 함께 두 해가 걸릴 것으로 예상되었다.

그날 밤, 스퀼러는 사실 나폴레옹은 풍차를 반대한 적이 없다는 사실을 다른 동물들에게 일일이 설명하고 다녔다. 오히려 풍차 건설을 처음 주장한 것은 나폴레옹이고 스노우볼은 나폴레옹의 서류를 훔쳐 부화장 창고 마룻바닥에 설계도를 그렸을 뿐이며 애초에 풍차는 나폴레옹이 생각해 낸 것이라고 했다. 그때 누군가 물었다. 그런데 왜 그렇게 강력하게 풍차를 반대하는 발언을 했는가를. 스퀼러는 교활한 표정을 지으며 대답했다. 그것이 바로 나폴레옹 동무의 수완이라고. 나폴레옹이 풍차에 반대하는 '척'했던 것은 나쁜 영향을 끼치는 위험인물 스노우볼을 제거하기 위한 묘책일 뿐이었다. 스노우볼이 축출된 지금이야말로 풍차 계획은 아무런 방해 없이 진행될 수 있다. 그것이 바로 전술이라는 것이다. 꼬리를 휘젓고 이리저리 왔다 갔다 서성이며 스퀼러는 몇 번이나 이 말을 되풀이했다. "하하하! 전술이오, 동지들. 전술이란 말이오, 전술! 하하!" 동물들은 '전술'이라는 말이 무슨 의미인지 확실히 알지는 못했지만 스퀼러가 워낙 설득력 있게 설명했고, 함께 온 사냥개 세 마리가 너무나 위협적으로 으르렁거렸기 때문에 더 이상 질문하지 않고 그의 설명을 믿기로 했다.

그해 내내 동물들은 노예처럼 일했다. 그러나 행복했다. 지금 하고 있는 모든 일이 도적질을 일삼는 게으른 인간 패거리를 위한 노동이 아니라 자신들과 다음 세대를 위한 노력임을 잘 알고 있었기에 희생이 아깝지 않았다.

봄여름 내내 동물들은 주당 예순 시간을 일했다. 팔월이 되자 나폴레옹은 일요일 오후에도 작업을 해야 하며, 이는 순전히 지원자에 한해 실시되겠지만 작업에 자원하지 않는 동물은 먹이 배급을 반으로 줄이겠다고 발표했다. 그렇게까지 일했건만 어떤 작업은 끝내지 못한 채 남겨 두어야만 했다. 수확량은 지난해에 못 미쳤고 초여름에 근채류를 심었어야 할 밭 두 군데는 쟁기질이 미처 끝나지 않아 파종도 하지 못했다. 다가올 겨울이 힘겨울 것임은 불을 보듯 뻔했다.

풍차 건설은 예상치 못한 난관에 봉착해 있었다. 농장에는 질 좋은 석회암 채석장이 있었고 농장 건물에서 조금 떨어진 헛간에서 많은 양의 모래와 시멘트를 발견한 터라 풍차 건설을 위한 자재는 모두 손에 넣은 상태였다. 하지만 어떻게 돌을 적당한 크기로 부술 것인가. 동물들이 풀지 못한 문제는 바로 그것이었다. 곡괭이와 쇠지렛대를 쓰는 방법 말고는 없을 것 같았다. 하지만 동물들은 뒷다리로 설 수 없었기 때문에 그 도구를 사용할 수가 없었다. 그렇게 헛수고하길 몇 주. 누군가가 중력을 이용하자는 기발한 생각을 해냈다. 채석장 바닥에는 너무 커서 그대로는 쓸 수 없는 거대한 바위가 널려 있었다. 동물들은 바위에 밧줄을 동여매고 젖소,

말, 양 등등 할 것 없이 밧줄을 잡아 끌 수 있는 동물이라면 전부 달라붙어—위기일발의 순간에는 돼지들도 가세하여—비탈을 올라 채석장 꼭대기까지 필사적으로 끌고 간 다음 아래로 떨어뜨렸다. 일단 바위가 부서지면 운반하는 것은 비교적 수월했다. 말들은 부서진 돌을 수레에 한가득 실어 날랐고 양은 한 덩어리씩 끌고 갔다. 뮤리엘과 벤저민까지 작은 수레를 매달고 제 몫의 일을 했다. 늦여름에는 충분한 양의 돌이 모였고 돼지들의 감독 아래 드디어 풍차 건설은 시작되었다.

그러나 공사는 더디고 과정은 힘들었다. 고작 바위 하나를 채석장 꼭대기까지 끌고 올라가느라 하루 종일 진을 빼는 일이 허다했고 아래로 떨어뜨린다고 바위가 전부 깨지는 것도 아니었다. 동물들이 전부 힘을 합친 것만큼 힘이 센 복서 없이는 아무것도 이루어지지 않았다. 바위가 미끄러지기 시작하면 동물들은 비탈 아래로 끌려 내려가는 자신을 발견하고 절망감에 울부짖었다. 그때마다 사력을 다해 밧줄을 잡아당겨 바위를 멈춰 세운 것은 언제나 복서였다. 땀범벅이 된 옆구리로 가쁜 숨을 몰아쉬며 발굽 끝으로 땅을 할퀴어 한 발 한 발 힘겹게 경사를 오르는 복서의 모습에 동물들은 감탄을 금치 못했다. 너무 무리하면 안 된다고 클로버가 가끔 주의를 주었지만 복서는 들으려 하지 않았다. 그의 좌우명 "나는 더 열심히 일할 것이다"와 "나폴레옹은 항상 옳다"는 모든 문제에 대해 충분한 해답을 주는 것 같았다. 그리고 지금까지 아침에 삼십 분 먼저 깨우던 것을 이제는 사십오 분 먼저 깨워 달라고 수탉에게 부탁했다. 그리고 요즘에는 많지도 않은 여가 시간에 혼자 채석장에 가서 부서진 돌을 한 수레 가득 모아 누구의 도움도 받지 않고 풍차 건설 현장으로 끌고 가곤 했다.

그해 여름, 일은 고되었을지언정 생활이 궁색하지는 않았다. 존스 시절보다 먹이를 더 먹지는 못했지만 적어도 못 먹지는 않았다. 오로지 자기들만 먹고살면 되는 데다 마구 먹어 대는 인간 다섯을 부양할 필요가 없었기 때문에 어지간히 실패를 해도 충분히 감당할 수 있었다. 그리고 많은 면에서 동물이 일하는 방식이 더 능률적이고 품도 적게 들었다. 예를 들어 잡초 같은 것은 인간으로서는 불가능할 정도로 철두철미하게 뽑아 낼 수 있었다. 또한 밭에서 작물을 훔쳐 먹는 동물이 없었기 때문에 경작지와 목장 사이에 울타리가 필요 없었고, 따라서 울타리와 문을 관리하는데 드는 수고가 줄어들었다. 그렇지만 여름이 지나가자 예측하지 못했던 여러 가지 물자 부족이 느껴지기 시작했다. 파라핀 오일, 못, 끈, 개 비스킷, 말편자가 필요했는데 농장에서는 만들 수가 없는 물건들이었다. 나중에는 다양한 농기구와 씨앗, 화학비료 그리고 결국에는 풍차에 들어갈 기계 장치도 필요해질 것이다. 이런 것들을 어떻게 입수할 것인지 아무도 상상할 수 없었다.

그러던 어느 일요일 아침, 동물들이 지시를 받기 위해 큰 헛간에 집합하자 나폴레옹은 새로운 정책을 결정했다고 발표했다. 지금부터 동물 농장은 이웃한 농장들과 거래를 하게 될 것이다. 물론 어떠한 상업적 목적도 없으며 단지 시급하게 필요한 특정 자재를 얻기 위해서이다. 풍차에 필요한 물자는 그 어떤 것보다 우선시되어야 한다. 따라서 건초 한 더미와 올해 수확한 밀 일부를 판매할 계약을 진행하고 있으며 그 이후에 돈이 더 필요하게 되면 윌링던에 상설 시장이 있으니 계란을 팔아 보충해야 한다. 이는 풍차 건설을 위해 오직 암탉만이 할 수 있는 특별 공헌이므로 암탉들은 이 희생을 환영해야 한다고 나폴레옹은 말했다.

동물들은 또다시 막연한 불안감을 느꼈다. 인간과 거래하지 않는다, 장사하지 않는다, 돈을 사용하지 않는다—이것은 존스가 축출된 후 첫 전승 대회에서 가장 먼저 통과된 결의안이 아니었던가? 동물들은 그런 결의안이 통과된 것을 기억하고 있었다. 아니 적어도 기억하는 것 같았다. 나폴레옹이 '대회'를 폐지했을 때 항의했던 돼지 네 마리가 소심하게 불만을 표시했지만 개들이 살벌하게 으르렁거리는 바람에 더는 꽥 소리도 낼 수 없었다. 그리고 언제나 그렇듯이 양들이 "네 다리는 좋고 두 다리는 나쁘다"라고 떠들어 대자 잠깐 애매했던 분위기는 수습되었다. 마침내 나폴레옹이 정숙을 요구하는 의미로 앞다리를 들어 올리더니 말을 이었다. 이미 모든 준비가 되어 있다. 동물과 인간이 접촉하는 것은 매우 바람직하지 못하므로 어떤 동물도 인간과 대면할 필요가 없다. 모든 책임은 자기가 질 작정이다. 그리고 윌링던에 사는 변호사 윔퍼라는 자가 동물농장과 바깥세상 사이에서 중개자 역할을 하기로 합의했으며 월요일 아침마다 지시를 받기 위해 농장을 방문할 것이라고 했다. 나폴레옹은 매번 그랬던 것처럼 "동물 농장 만세!"로 연설을 끝마쳤고 동물들은 〈영국의 동물들〉을 제창한 후에 해산했다.

나중에 스퀄러가 농장을 한 바퀴 돌면서 동물들의 마음을 진정시켰다. 그는 거래와 돈 사용을 금지하는 결의안은 통과된 적이 없고 아니, 그런 결의안이 상정된 적조차 없다고 장담했다. 그것은 순전히 착각에 불과하며 아마도 스노우볼이 퍼뜨린 거짓말에서 비롯되었을 것이다. 어렴풋한 의심을 품은 동물들도 몇 있었지만 스

51

퀼러는 날카롭게 따져 물었다. "꿈이 아니라고 확신하오, 동지들? 그런 결의안에 대한 기록이 있소? 있다면 어디에 적혀 있소?" 서류로 존재하지 않는 것은 틀림없는 사실이므로 동물들은 자기들이 오해했다고 인정했다.

합의했던 대로 월요일마다 윔퍼 씨가 농장을 방문했다. 그는 구레나룻을 기른 교활한 인상에 몸집이 작은 사내였는데, 자질구레한 일만 맡는 변호사였지만 동물 농장에 중개인이 필요할 것이며 수임료도 두둑할 것임을 누구보다 먼저 알아차릴 만큼 약삭빠른 자였다. 동물들은 농장에 윔퍼가 드나드는 것을 약간 두려워하며 지켜보았고 될 수 있는 대로 그를 피했다. 그럼에도 불구하고 네 다리로 엎드린 나폴레옹이 두 다리로 선 윔퍼에게 명령을 내리는 광경은 동물들에게 자긍심을 불러일으켰기 때문에 동물들은 새로운 정책에 어느 정도 호감을 갖게 되었다. 동물과 인간의 관계는 이제 옛날과는 완전히 달라졌다. 물론 동물 농장이 번영하고 있다고 해서 인간의 증오가 덜해지지는 않았다. 사실 예전보다 증오는 더 커졌다. 인간들은 동물 농장이 조만간 파산할 것이고 무엇보다도 특히 풍차는 실패할 것이라는 신념을 가지고 있었다. 그들은 선술집에 모여 앉아 풍차는 무너지게 되어 있으며 만약 세워진다 하더라도 작동하지 않을 것이라고 그림까지 그려 가며 증명해 보이곤 했다. 그렇지만 동물들이 농장 일을 관리하는 효율성에 대해서는 어느 정도 호의를 품지 않을 수 없었다. 그런 징후의 하나로 인간들은 동물들의 농장을 '매너 농장'이 아닌 '동물 농장'이라는 정식 명칭으로 부르기 시작했다. 또한 농장을 되찾을 희망을 포기하고 다른 지역으로 가 버린 존스의 대변자 노릇도 그만두었다. 윔퍼를 통하는 것 외에 아직까지 동물 농장과 외부 세계 사이에 직접적인 접촉은 없었지만, 나폴레옹이 폭스우드의 필킹턴 혹은 핀치필드의 프레데릭과 확실한 거래 관계를 맺으려 한다는—그러나 양쪽 모두와 동시에 맺지는 않을 것이라는 소문은 끊임없이 나돌고 있었다.

돼지들이 농장집으로 이주하여 살기 시작한 것은 대략 그 무렵이었다. 이번에도 동물들은 이를 금지하는 결의안이 통과되었던 기억이 나는 것 같았지만, 역시나 이번에도 스퀼러가 사실은 그렇지 않다고 납득시킬 수 있었다. 농장의 두뇌인 돼지들은 조용하게 일을 할 수 있는 장소가 절대적으로 필요하다. 또한 작은 돼지우리보다는 집에 사는 것이 영도자(최근 들어 나폴레옹에 대해 말할 때 '영도자'라는 칭호를 붙이기 시작했다)의 위엄에 더 어울린다고 스퀼러는 말했다. 그렇지만 돼지들이 부엌에서 먹이를 먹고 응접실에서 휴식을 취하며, 뿐만 아니라 침대에서 잠까지 잔다는 말을 듣고 몇몇 동물들은 동요했다. 복서야 항상 그렇듯 "나폴레옹은 항상 옳다!"는 말로 지나쳤지만 클로버는 침대 사용을 금지한다는 명확한 규칙이 기억나는 것 같아 큰 헛간으로 가서 일곱 계명을 읽어 보려고 했다. 하지만 자기는 한 글자씩밖에 읽을 수 없다는 사실을 알고 있었기에 뮤리엘도 함께 데리고 갔다.

"뮤리엘." 그녀는 말했다. "네 번째 계명을 읽어 줘. 침내에서 자면 안 된다는 내용이지?"

뮤리엘은 어렵사리 읽어 내려갔다.

"'동물은 침대에서 '시트를 깔고' 자서는 안 된다'고 되어 있어." 뮤리엘이 말했다.

이상하게도 네 번째 계명에서 시트를 언급한 부분은 기억나지 않았다. 하지만 벽에 그렇게 적혀 있다면, 그 말이 맞을 것이다. 때마침 사냥개 두 마리 아니 세 마리를 데리고 지나가던 스퀼러가 그 모든 장면을 낱낱이 지켜보고 있다가 말했다.

"동지들, 우리 돼지들이 이제 농장집 침대에서 잔다고 들었을 것이오. 왜 안 되오? 동지들은 침대를 금지하는 규칙이 있다고 확신하는 것이오? 침대란 그저 잠을 자는 곳을 의미하오. 외양간 짚 더미도 침대요. 규칙을 자세히 보면 인간의 발명품인 시트에 대한 금지란 말이오. 우리는 농장집 침대에서 시트를 걷어 내고 잠을 자오. 아주 편안하긴 하오만, 동지들! 말해 두지만 오늘날 우리 돼지들이 해야 하는 두뇌 노동에 비하면 과하게 편한 것은 아니오. 동지들은 우리 돼지들의 휴식을 빼앗으려는 거요? 정말 그렇소? 우리 돼지들을 피곤하게 만들어 의무를 수행할 수 없게 만들려는 것이오? 정녕 동지들은 존스가 돌아오는 꼴을 보고 싶은 것이오?"

그 말에 동물들은 아니라며 즉시 스퀼러를 안심시켰고, 농장집 침대에서 자는 돼지들에 대해 더 이상은 언급하지 않았다. 그리고 며칠 후, 이제부터 돼지들은 다른 동물보다 아침에 한 시간 늦게 일어날 것이라는 발표가 있었을 때에도 그에 대한 이의 역시 제기하지 않았다.

가을이 끝날 때까지 동물들은 고단했으나 행복했다. 힘든 한 해였고 건초와 곡식 일부를 내다 판 이후 겨울을 나기 위해 비축한 식량이 썩 넉넉하지는 않았지만 풍차가 모든 것을 보상해 주었다. 풍차는 이제 거의 절반쯤 지어졌다. 추수가 끝난 후 맑고 건조한 날씨가 이어졌다. 동물들은 풍차 벽을 한 뼘이라도 더 올릴 수만 있다면 하루 종일 돌덩어리를 이고 지고 이리저리 터벅거려도 보람이 있을 거라고 생각하며 전보다 열심히 일했다. 복서는 심지어 밤에도 혼자 나와 가을 달빛 아래서 한두 시간 동안 일을 하곤 했다. 동물들은 틈만 나면 반쯤 완성된 풍차 둘레를 돌고 또 돌았다. 수직으로 솟은 견고한 벽에 감탄했고 이토록 인상적인 무언가를 스스로 만들 수 있다는 사실에 놀라워했다. 오직 벤저민 영감만이 풍차에 열광하지 않았고 평소와 마찬가지로 당나귀는 오래 산다는 수수께끼 같은 말만 되풀이했다.

거센 남서풍과 함께 십일월이 왔다. 시멘트를 섞기에는 날씨가 너무 궂었기 때문에 건설을 중단해야 했다. 밤이 되자 돌풍은 더욱 맹렬해졌다. 농장 건물은 기둥까지 흔들렸고 헛간 지붕에서 기와 몇 장이 날아갔다. 멀리서 총이 발사되는 꿈을 다 함께 꾼 암탉들은 공포에 질려 꼬꼬댁거리며 깨어났다. 아침에 외양간에서 나온 동물들은 바람에 쓰러진 깃대와 무처럼 뽑혀 있는 과수원 기슭 느릅나무를 발견했다. 그리고 마주친 처참한 광경에 모든 동물들의 목구멍에서 절망의 울부짖음이 터져 나왔다. 풍차는 폐허가 되어 있었다.

동물들은 일제히 현장으로 달려갔다. 좀처럼 움직이는 일이 없는 나폴레옹이 제일 앞에서 달렸다. 정녕 그곳에 있었다. 그들이 쏟은 노력의 결실이 토대까지 파괴된 채로. 그토록 고생스럽게 부수어 날랐던 돌들이 사방에 어지럽게 흩어져 있었다. 처음엔 아무 말도 못하고 무너져 내린 돌 더미를 슬픔에 잠겨 우두커니 바라만 보았다. 나폴레옹은 이따금씩 코를 땅에 박고 킁킁거리며 이리저리 왔다 갔다 했다. 갑자기 그의 꼬리가 빳빳해지더니 좌우로 급격히 흔들렸다. 강렬한 정신 활동이 이루어지고 있다는 신호였다. 그리고 마치 결정을 했다는 듯 갑자기 움직임이 멈추었다.

"동지들." 나폴레옹이 조용히 말했다. "누가 이랬는지 알겠소? 밤에 몰래 들어와 우리 풍차를 무너뜨린 적이 누군지 알겠소? 스노우볼이오!" 그는 벼락같은 고함을 내질렀다. "스노우볼이 이 짓을 했단 말이오! 순전히 복수심으로 우리의 계획을 방해한 것이오! 치욕스럽게 추방당한 것에 앙심을 품은 반역자가! 야음을 틈타 이곳으로 기어들어 와 일 년여에 걸친 우리의 걸작을 파괴하였소! 동지들, 지금 이 자리에서 나는 스노우볼에게 사형을 선고하겠소. 그를 법정에 세우는 동무에게는 '2급 동물영웅' 훈장과 사과 십오 킬로그램을, 생포하는 동무에게는 삼십 킬로그램을 상으로 지급하겠소!"

스노우볼이 그런 범죄를 저질렀다는 사실에 동물들은 이루 말할 수 없는 충격을 받았다. 분노에 찬 고함 소리가 터져 나왔고 스노우볼이 돌아오기만 한다면 어떻게 잡을지 궁리하기 시작했다. 그때 언덕에서 조금 떨어진 풀밭에서 돼지 발자국이 발견되었다. 발자국은 겨우 몇 미터뿐이었지만 산울타리 아래 난 구멍으로 이어지는 것 같았다. 나폴레옹은 발자국에 코를 대고 숨을 깊이 들이쉬며 킁킁 냄새를 맡더니 스노우볼의 발자국이라고 단정했다. 그리고 아마도 폭스우드 농장 쪽에서 왔을 거라는 의견을 제시했다.

"동지들, 더 이상 지체할 수 없소!" 발자국을 조사하던 나폴레옹이 외쳤다. "해야 할 일이 있소! 오늘 아침부터 풍차 재건을 시작하겠소. 겨울 내내, 비가 오건 눈이 오건 풍차를 건설할 것이오. 비열한 배신자에게 가르쳐 줄 것이오. 우리는 결코 좌절하지 않음을! 동지들 명심하시오. 우리 계획에 변경이란 있을 수 없음을! 계획은 정확히 수행될 것이오. 동지들이여, 전진하라! 풍차 만세! 동물 농장 만세!"

CHAPTER VII

그해 겨울은 혹독했다. 폭풍우에 이어 진눈깨비와 눈이 내렸고 이월이 되어도 된서리가 그치지 않았다. 외부 세계가 동물들을 주시하고 있었다. 풍차가 제때에 완성되지 않으면 시기심 많은 인간들은 기뻐하며 우쭐해할 것임을 잘 알기에 동물들은 풍차 재건에 최선을 다했다.

풍차를 파괴한 것이 앙심을 품은 스노우볼이라는 말을 인간들은 믿지 않는 척했다. 벽이 너무 얇아서 무너졌다고 그들은 떠들어 댔지만 실제로는 그렇지 않다는 것을 동물들은 알고 있었다. 그럼에도 이번에는 지난번처럼 사십오 센티미터가 아니라 구십 센티미터 두께로 벽을 쌓기로 결정했다. 이는 돌을 훨씬 더 많이 모아야 함을 의미했다. 오랫동안 채석장은 쌓인 눈으로 가득했고 눈밭에서는 아무것도 할 수 없었다. 건조하고 서리가 내릴 듯 추운 날씨가 이어졌다. 작업은 약간 진척되었지만 노동은 가혹했고 동물들은 그전과 같은 희망적인 감정을 느낄 수 없었다. 동물들은 항상 추위에 떨었고 게다가 언제나 배를 곯았다. 오직 복서와 클로버만이 낙담하지 않았다. 스퀼러는 봉사의 기쁨과 노동의 존엄성에 대해 훌륭한 연설을 했지만 다른 동물들은 복서의 힘과 "나는 더 열심히 일할 것이다!"라는 변함없는 외침에 더 많은 영감을 받았다.

일월에는 먹이가 부족했다. 먹이 배급량은 대폭 줄어들었고 이를 보충하기 위해 감자가 추가로 배급될 것이라는 발표가 있었다. 그런데 감자 저장 구덩이를 충분히 두껍게 덮지 않아 수확한 감자의 대부분이 얼어 있었다. 감자는 무르고 변색되어 먹을 수 있는 것은 조금밖에 없었다. 동물들은 며칠 동안 겨와 옥수숫대 말고는 아무것도 먹지 못했다. 동물들은 기아에 직면해 있는 것 같았다.

하지만 이러한 사실을 숨겨야만 했다. 풍차 붕괴로 인해 대담해진 인간들이 새로운 거짓말을 지어내고 있었기 때문이었다. 동물들이 기근과 질병으로 죽어 가고 있으며 끊임없이 서로 싸우고 잡아먹으며 버티다가 새끼까지 죽인다는 소문이 또다시 퍼졌다. 식량 사정이 외부에 알려지면 좋지 않은 결과가 따라온다는 사실을 잘 알고 있던 나폴레옹은 정반대의 소문을 퍼뜨리기 위해 윔퍼를 이용하기로 마음먹었다. 동물들은 지금까지 매주 방문하는 윔퍼와 접촉이 거의, 아니 전혀 없었다. 하지만 이제는 선발된 소수의 동물들—주로 양—이 윔퍼가 듣는 데서 먹이 배급량이 늘었다고 은근슬쩍 말하도록 교육받았다. 게다가 나폴레옹은 식량 저장고의 텅 빈 곡식통을 목까지 모래로 채우고 그 위를 남은 곡식 낱알과 옥수수 가루로 덮으라고 명령했다. 그리고 적당한 구실을 만들어 윔퍼를 식량 저장고로 데리고 가서 곡식통을 얼핏 보여 주었다. 윔퍼는 속아 넘어갔고, 그는 동물 농장에 식량 부족은 없다는 말을 외부 세계에 계속 퍼뜨렸다.

그럼에도 일월이 끝나 갈 무렵에는 어떻게든 곡식을 더 구해야만 한다는 사실이 명백해졌다. 근래 들어 나폴레옹은 동물들 앞에 거의 나타나지 않았고 문마다 사납게 생긴 사냥개가 지키고 있는 농장집에서 대부분의 시간을 보냈다. 어쩌다 모습을 나타낼 때는 의전과 함께 누군가 가까이 다가오기만 하면 으르렁대는 사냥개 여섯 마리의 호위를 받았다. 그는 심지어 일요일 아침에도 거의 나타나지 않고 다른 돼지를 통해 지시를 내렸는데, 그 역할은 주로 스퀼러가 맡았다.

어느 일요일 아침. 스퀼러의 발표가 있었다. 이제 막 다시 알을 낳기 시작한 암탉들에게 달걀을 내놓아야 한다고 했다. 나폴레옹이 윔퍼를 통해 일주일에 달걀 사백 개를 판매한다는 계약을 맺은 것이다. 그 대가로 받은 돈으로 여름이 되어 상황이 좋아질 때까지 농장을 유지할 곡식과 옥수수 가루를 구입할 것이다.

이 말을 듣고 암탉들은 아우성을 쳤다. 이전에도 이러한 희생이 불가피할 것이라는 경고를 받긴 했지만, 실제로 그런 일이 일어날 것이라고는 믿지 않았기 때문이다. 암탉들은 알을 낳으며 봄에 병아리를 까기 위한 준비를 하고 있었다. 암탉들은 지금 알을 빼앗는 것은 살인 행위라고 항의했다. 존스가 추방된 이래 처음으로 반란 비슷한 것이 일어났다. 어린 미노르카⁽¹⁾ 암평아리 세 마리의 주도로 암탉들은 나폴레옹의 의도를 좌절시키기 위한 강경한 조직적 행동을 개시하였다. 강경한 행동이란 서까래 위로 올라가 알을 낳아 바닥에 떨어뜨려 박살을 내는 것이었다. 나폴레옹이 대서는 신속하고 무자비했다. 그는 암탉의 먹이 배급을 중단하라고 지시했고 암탉에게 곡식 한 톨이라도 주는 동물은 누구든 사형으로 다스릴 것이라 선언했다. 개들은 이 지시가 잘 이행되는지 감시했다. 암탉들은 닷새를 버텼지만 결국 굴복하여 둥지 상자로 돌아갔다. 그

---
(1) 알을 얻기 위해 기르는 닭의 한 품종.

러는 사이 암탉 아홉 마리가 죽었다. 시체는 과수원에 묻혔고 사인은 닭콕시듐[1]이라고 발표되었다. 윔퍼는 이 사건에 대해 아무것도 듣지 못했고 달걀은 제때에 생산되었으며 일주일에 한 번 농장에 오는 식료품점 마차에 실려 나갔다.

그러는 동안에도 스노우볼의 모습은 더 이상 보이지 않았다. 소문으로는 이웃한 농장 중에 한 곳, 즉 폭스우드나 핀치필드에 숨어있을 것이라고 했다. 그 무렵 나폴레옹과 다른 농장주와의 관계는 그전보다 약간 개선되었다. 마침 마당에 십 년 전 너도밤나무 숲을 정리할 때 벌목한 목재가 잘 건조되어 쌓여 있었는데 윔퍼는 그것을 팔도록 나폴레옹에게 권했다. 필킹턴과 프레데릭 모두 목재를 사고 싶어 눈에 불을 켜고 있었다. 나폴레옹은 마음을 정하지 못하고 둘 사이에서 갈팡질팡했다. 프레데릭과 계약이 성사되려나 싶으면 스노우볼이 폭스우드에 숨어 있다는 말이 들려왔고, 반대로 필킹턴 쪽으로 기울이거나 싶으면 스노우볼이 핀치필드에 있다는 말이 들렸기 때문이다.

이른 봄. 놀라운 사실이 느닷없이 밝혀졌다. 스노우볼이 야음을 틈타 몰래 농장에 드나들고 있었던 것이다! 동물들은 너무 불안해서 외양간에서도 거의 잠을 이룰 수가 없었다. 밝혀진 바에 따르면 스노우볼은 매일 밤 어둠 속에 몸을 숨기고 들어와 온갖 못된 짓을 저질렀다. 곡식을 훔치고 우유 통을 뒤엎고 계란을 깨고 모종판을 짓밟고 과일나무 껍질을 갉아먹었다. 무슨 일이든 잘못될 때마다 무조건 스노우볼 탓으로 돌리는 것이 예사가 되었다. 창문이 깨지거나 배수관이 막히면 스노우볼이 밤에 와서 그랬다고 말

---

(1) 콕시듐 원충이 닭의 소화관에 기생하여 나타나는 질병.

하기 마련이었고, 식량 저장 창고 열쇠가 없어지면 스노우볼이 우물에 던져 버린 것이 분명하다고 말했다. 하지만 이상하게도 잃어버린 열쇠를 곡식 가루 포대 밑에서 찾아낸 후에도 동물들은 계속 스노우볼 탓이라고 생각했다. 젖소들은 이구동성으로 스노우볼이 외양간에 기어들어 와 자는 동안 젖을 짜 갔다고 신고했고, 그해 겨울 골칫거리였던 쥐들 역시 스노우볼 패거리라고 했다.

나폴레옹은 스노우볼의 동향에 대한 전면적인 조사가 필요하다고 발표했다. 그는 사냥개를 데리고 농장 건물을 두루 시찰하며 조사에 착수했고 동물들은 방해가 되지 않도록 멀리 떨어져 그 뒤를 따르고 있었다. 나폴레옹은 몇 발자국마다 멈춰 서서 스노우볼의 발자국을 추적하기 위해 코를 땅에 대고 킁킁거렸다. 그의 말로는 냄새로 알아낼 수 있다고 했다. 헛간, 외양간, 닭장, 텃밭에서 구석구석 냄새를 맡았고 거의 모든 곳에서 스노우볼의 흔적이 발견되었다. 나폴레옹은 코를 땅에 대고 숨을 몇 번 깊이 들이마시더니 소름 끼치는 목소리로 외쳤다. "스노우볼! 여기 왔었군! 의심할 여지없이 그놈 냄새다!" 그리고 "스노우볼"이라는 말에 사냥개들은 피가 말라붙을 정도로 오싹하게 으르렁대며 송곳니를 드러냈다.

동물들은 공포에 질렸다. 마치 스노우볼이 주위의 공기 중에 떠다니며 온갖 위험한 일로 자신들을 위협하는 보이지 않는 위력이라도 되는 것 같았다. 저녁이 되자 스퀼러가 동물들을 불러 모았다. 그는 놀란 표정을 지으며 중대한 소식을 몇 가지 발표하겠다고 말했다.

"동지들!" 스퀼러는 초조한 듯 왔다 갔다 서성거렸다. "경악할 만한 사실이 밝혀졌소. 스노우볼은 지금 이 순간에도 우리를 공격하여 농장을 빼앗을 음모를 꾸미고 있는 핀치필드 농장 프레데릭에게 매수되었소! 공격이 시작되면 스노우볼이 길잡이 역할을 할 것이란 말이오! 하지만 더 나쁜 소식이 있소. 우리는 단지 스노우볼이 허영과 야망 때문에 혁명을 일으켰다고 여겨 왔소. 하지만 우리가 틀렸소, 동지들. 진짜 이유가 무엇인지 아시오? 스노우볼은 처음부터 존스와 한통속이었던 거요! 그놈은 줄곧 존스의 첩자였소. 스노우볼이 버리고 간 서류를 우리가 지금 막 발견했고 그 서류로 모든 것이 증명되었소. 동지들, 내 생각에 그 서류가 많은 것을 증명해 줄 것이오. 그놈이 외양간 전투에서 우리를 패배시키고 파멸시키기 위해 무슨 짓을 했는지—다행히 성공하지 못했지만—직접 보지 않았소?

동물들은 어안이 벙벙했다. 분명 그것은 풍차를 파괴한 것을 넘어서는 훨씬 사악한 짓이었다. 하지만 동물들은 한참 동안 스퀼러의 말을 이해할 수가 없었다. 외양간 전투 때 맨 앞에서 돌격하던 스노우볼을, 고비 때마다 동지들을 결집시키고 격려하던 스노우볼을, 존스가 쏜 총알에 상처를 입었을 때도 주저하지 않고 돌진하던 스노우볼을 동물들은 모두 기억했다. 아니, 기억하는 것 같았다. 그런 스노우볼의 모습과 그가 존스 편이었다는 사실이 어떻게 일치될 수 있는지 처음에는 이해하기 어려웠다. 좀처럼 의문을 가지지 않는 복서조차 어리둥절했는지 앞다리를 굽히고 앉아 눈을 감은 채 생각을 정리하려고 부단히 애썼다.

"나는 믿을 수가 없어." 복서가 입을 열었다. "스노우볼 동무는 외양간 전투에서 용맹하게 싸웠잖아. 내가 직접 봤다고. 전투가 끝나자마자 '1급 동물영웅' 훈장도 수여하지 않았나?"

"그건 우리 실수였소, 동무. 정말로 우리를 파멸로 이끌려 했다는 사실을 이제야 알았소. 우리가 찾아낸 비밀문서에 전부 쓰여 있단 말이오."

"하지만 부상까지 당했는데." 복서가 말했다. "피를 흘리며 돌진하는 걸 우리가 봤다고."

"그건 계략의 일부였소!" 스퀼러가 소리쳤다. "존스의 총알은 그저 스쳤을 뿐이오. 동무가 글을 읽을 수만 있다면 스노우볼이 직접 써 놓은 것을 보여 줄 것이오만. 결정적인 순간에 도망치라는 신호를 하고 싸움터를 적에게 넘겨주는 것이 스노우볼의 음모였소. 하마터면 성공할 뻔했지—정말이지 동지들, 우리의 영웅적 지도자 나폴레옹 동무가 아니었다면 말이오. 존스와 그 패거리들이 마당에 들어선 바로 그 순간 스노우볼이 갑자기 돌아서서 도망치자 많은 동물들도 그 뒤를 따라갔던 일이 생각나지 않소? 우리가 혼란에 휩싸이고 모든 것이 끝났다고 생각했던 바로 그때! 나폴레옹 동무가 앞으로 뛰쳐나와 "인간에게 죽음을!"이라고 외치며 존스의 다리를 덥석 물었던 것을 기억 못 하겠소? 분명히 기억할 거요, 동지들." 스퀼러는 좌우로 서성거리며 악을 썼다.

스퀼러의 너무나 생생한 묘사에 동물들은 기억이 나는 것도 같았다. 아무튼 동물들은 전투 중 위기일발의 순간에 스노우볼이 노망치려 돌아섰던 것만은 기억했다. 하지만 복서는 아직도 약간 꺼림칙한 기분이 들었다.

"나는 스노우볼이 처음부터 배신자였다고 생각하지는 않아." 복서가 드디어 입을 열었다. "나중에 저지른 일은 잘 모르겠지만, 외양간 전투에서만큼은 훌륭한 동료였어."

63

"우리 영도자 나폴레옹 동무께서." 스퀼러는 아주 천천히 그리고 단호하게 말했다. "명확하게—매우 명확하게—말씀하셨소. 스노우볼은 처음부터—혁명이 일어나기 훨씬 전부터—존스의 첩자였다고."

"아, 그럼 얘기가 다르지!" 복서가 말했다. "나폴레옹 동무가 그렇게 말했다면, 틀림없이 그런 거야."

"그것이 참다운 정신이오, 복서 동무!" 스퀼러는 작은 눈을 깜빡이며 그렇게 말했지만, 복서를 쏘아보는 눈빛은 험악했다. 스퀼러는 돌아서서 가려다 발길을 잠시 멈추더니 의미심장한 한마디를 남겼다. "이 농장 모든 동물 동지들에게 경고하겠소. 항상 두 눈을 크게 뜨고 있으시오. 바로 지금, 우리 중에 스노우볼의 첩자가 도사리고 있다고 여길 만한 근거가 있기 때문이오!"

나흘 뒤 늦은 오후. 나폴레옹은 동물 전원을 마당에 집합시켰다. 동물들이 모두 모이자 나폴레옹이 훈장 두 개를 달고(최근 자신에게 '1급 동물영웅'과 '2급 동물영웅' 훈장을 수여했으므로) 농장집에서 나왔다. 등줄기가 오싹해지도록 짖어 대며 날뛰는 커다란 사냥개 아홉 마리가 그를 둘러싸고 있었다. 무언가 무서운 일이 일어나려 한다는 것을 예감이라도 한 듯, 동물들은 숨을 죽인 채 그 자리에 몸을 움츠렸다.

나폴레옹은 근엄하게 서서 청중을 둘러보더니 꽤액 하고 카랑카랑한 소리를 질렀다. 그 즉시 사냥개들이 앞으로 뛰쳐나가 돼지 네 마리의 귀를 꽉 물고는 나폴레옹의 발밑으로 끌고 나왔다. 돼지들은 고통과 공포에 질려 꿀꿀거렸다. 귀에서는 피가 흘렀고 피 맛을 본 개들은 더욱 미쳐 날뛰었다. 그리고 놀랍게도 사냥개 세 마리가 복서에게 달려들었다. 그것을 본 복서는 거대한 발굽을 휘둘러 한 마리를 공중에서 낚아채 땅바닥에 내리꽂았다. 개는 살려 달라고 깨갱거렸고 나머지 두 마리는 다리 사이에 꼬리를 말아 넣고 달아났다. 복서는 그 개를 짓밟아 죽여야 할지 아니면 놓아 주어야 할지 몰라 나폴레옹을 바라보았다. 나폴레옹의 안색이 잠시 붉으락푸르락하는가 싶더니 개를 놓아주라고 큰 소리로 명령하였고, 이에 복서는 발굽을 들어 올렸다. 발굽에 깔려 멍이 들어 울부짖던 개는 재빨리 도망쳤다.

머지않아 소란은 수그러들었다. 돼지 네 마리는 무슨 죄라도 지은 것 같은 표정으로 덜덜 떨고 있었고 나폴레옹은 돼지들에게 범행을 자백하라고 다그쳤다. 나폴레옹이 일요일 대회를 폐지했을 때 항의하던 돼지들이었다. 두 번 말할 필요도 없었다. 돼지들은 스노우볼이 추방된 이후로도 줄곧 비밀리에 접촉해 왔으며 풍차를 파괴할 때도 공모를 했고 동물 농장을 프레데릭에게 넘겨주기로 합의했다고 자백했다. 그리고 스노우볼이 지난 수년간 존스의 첩자라는 사실을 은밀히 말해 주었다고 덧붙였다. 자백이 끝나자 사냥개들은 지체 없이 돼지들의 목덜미를 물어뜯었다. 나폴레옹은 섬뜩한 목소리로 나머지 동물들은 자백할 것이 없느냐고 추궁했다. 달걀을 둘러싸고 일어난 반란 기도 사건의 주동자였던 암탉 세 마리가 앞으로 나와 스노우볼이 꿈에 나타나 나폴레옹의 명령에 복종하지 말라고 선동했다고 진술했다. 그들 역시 학살당했다. 거위 한 마리가 앞으로 나와 작년 추수 때 옥수수 여섯 개를 몰래 숨겨 두었다가 밤에 먹었다고 자백했다. 양 한 마리가 스노우볼이 부추겨 식수용 연못에 오줌을 누었다고 실토했고 또 다른 양 두

65

마리는 나폴레옹의 헌신적 추종자였던 늙은 숫양이 기침으로 고생할 때 모닥불 주위를 빙빙 돌며 쫓아다니다가 죽였노라 털어놓았다. 모두 그 자리에서 처형당했다. 그렇게 나폴레옹의 발밑에 시체한 무더기가 쌓였다. 존스가 추방된 이후로 한 번도 맡아 본 적 없는 피비린내로 농장이 가득 찰 때까지 자백과 처형은 계속되었다.

처형이 모두 끝나자 돼지와 개를 제외한 나머지 동물들은 무리를 지어 슬금슬금 자리를 떠났다. 동물들은 큰 충격을 받았고 비참한 기분이 들었다. 스노우볼과 연합한 동물들의 배신. 지금 막 목격한 잔혹한 응징. 둘 중 어느 것이 더 충격적인지 동물들은 알수 없었다. 물론 예전에도 이와 같은 끔찍한 유혈 사태가 간혹 일어나긴 했지만, 이번에는 동물들 사이에서 벌어진 일이기에 사태는 훨씬 심각한 듯했다. 존스가 농장을 떠난 이후 지금까지 다른 동물을 죽인 동물은 없었다. 생쥐 한 마리조차 죽임을 당한 적이 없었다. 그들은 반쯤 완성된 풍차가 서 있는 작은 언덕으로 걸어가서, 마치 서로 온기를 나누려는 듯 모두 한데 옹송그려 앉았다. 클로버, 뮤리엘, 벤저민, 젖소, 양 그리고 거위와 암탉까지—나폴레옹이 집합하라고 명령을 내리기 직전에 사라진 고양이를 제외하고—다 함께 모여 앉았다. 그렇게 앉아서 동물들은 한참 동안 아무 말도 하지 않았다. 오직 복서만이 서 있었다. 검고 긴 꼬리를 휘둘러 옆구리를 치며 이리저리 바스댔고 놀랍다는 듯 이따금씩 나지막이 히힝 하고 콧소리를 냈다. 마침내 복서가 입을 열었다.

"모르겠군. 우리 농장에서 그런 일이 일어나다니 믿을 수가 없어. 뭔가 잘못 된 게 분명해. 해결책은, 내가 보기엔, 더 열심히 일하는 거야. 이제부터 아침에 한 시간 일찍 일어나야겠어."

그러고는 육중한 다리를 재촉하여 채석장으로 향했다. 그곳에 도착하여 잠자러 가기 전까지 연거푸 두 수레 분량의 돌을 모아 풍차까지 끌고 갔다.

동물들은 클로버 주위에 말없이 옹기종기 모여 앉았다. 동물들이 앉아 있는 언덕에서는 드넓은 전원이 내려다보였다. 큰길까지 뻗어 있는 기다란 초원, 목초지, 수풀, 식수용 연못, 새파란 밀싹이 빽빽하게 돋아난 경작지며 굴뚝에서 뭉게뭉게 연기를 내뿜는 농장 건물의 붉은 지붕—동물 농장의 대부분이 시야에 들어왔다. 맑은 봄날 해 질 녘이었다. 새싹이 돋기 시작한 산울타리는 노을빛을 받아 금박을 입힌 듯 했다. 동물들에게 농장이 이렇게까지 아름답게 보인 적은, 그리고 이 농장 구석구석 땅 한 뼘까지 자기들의 소유라는 사실을 깨닫고 경외감을 느낀 적은 일찍이 없었다. 언덕 비탈을 바라보는 클로버의 눈에 눈물이 맺혔다. 만약 클로버가 자기 생각을 말로 표현할 수 있었다면 몇 해 전 인간을 타도하기 위해 혁명을 일으켰을 때 우리가 바랐던 것은 이런 게 아니라고 말했을 것이다. 메이저 영감이 처음으로 혁명을 일으키자고 선동했던 그날 밤 기대했던 것은 이런 공포와 살육의 광경이 아니었다. 만약 클로버가 나름대로 미래에 대한 청사진을 품고 있었다면, 그것은 굶주림과 채찍질에서 해방된, 모두가 평등한, 각자 가진 바 능력에 따라 일하는, 메이저 영감이 연설을 하던 밤 길 잃은 오리 새끼들을 앞다리로 감싸 주었던 것처럼 강한 자가 약한 자를 보호하는, 그런 동물들의 사회였다. 하지만 그러기는커녕—이유는 알 수 없지만—누구도 감히 속마음을 말하지 못하고, 사납게 으르렁대는 사냥개들이 도처에 어슬렁거리고, 충격적인 범죄를 자백한 후 가리가리 찢기는 동지들을 지켜봐야 하는 날을 맞이하게 된 것이다. 클로버의 마음속에 반란이나 반항에 대한 생각은 추호도 없었다. 이런 지경일망정 존스 시절보다는 훨씬 살기 좋았으며 무엇보다 인간들이 돌아오는 것을 막아야 한다는 사실을 잘 알고 있었다. 무슨 일이 있어도 변함없이 충성할 것이고 열심히 일할 것이며 자신에게 주어진 명령을 수행하는 것은 물론 나폴레옹이 지도자임을 받아들일 것이다. 하지만 여전히, 그녀와 모든 동물들이 그토록 열심히 일했던 이유는 이런 꼴을 보기 위해서가 아니다. 동물들이 풍차를 건설하고 존스의 총탄에 맞선 것은 이런 꼴을 보기 위해서가 결코 아니다. 생각은 이러했지만 클로버는 말로 표현할 수가 없었다.

그런 생각이 든 클로버는 표현할 말을 찾느라 애쓰는 대신 〈영국의 동물들〉을 부르기 시작했다. 주위에 앉아 있던 다른 동물들도 그 마음을 알아챘는지 구성진 목소리로 세 번이나 따라 불렀다. 하지만 전에는 그렇게 느릿느릿, 그렇게 애절하게 부르지는 않았다.

동물들이 세 번째로 노래를 불렀을 때, 스퀼러가 뭔가 할 말이 있다는 듯 사냥개 두 마리를 앞세우고 다가왔다. 그러더니 나폴레옹 동무의 특별 명령에 따라 지금부터 〈영국의 동물들〉을 금지곡으로 지정하겠다고 말했다.

동물들은 깜짝 놀랐다.

"어째서죠?" 뮤리엘이 소리쳤다.

"더는 필요 없소, 동무." 스퀼러가 쌀쌀맞게 말했다. "〈영국의 동물들〉은 혁명의 노래요. 하지만 이제 혁명은 완수되었고 오늘 오후 배신자들의 처형이 마지막 행동이었소. 이제 외부와 내부의 적을 모두 물리쳤소. 〈영국의 동물들〉에서 우리는 다가올 미래의 더 나은 사회를 향한 갈망을 표현했소만, 그러한 사회는 이미 이룩되었으니 〈영국의 동물들〉은 이제 전혀 쓸모가 없소."

다들 겁이 났겠지만 어떤 동물은 항의를 하고 싶었을지도 모른다. 그러나 그 순간 여지없이 양들이 끼어들어 "네 다리는 좋고 두다리는 나쁘다"를 한참이나 외쳐 대는 바람에 토론은 그대로 끝이 나고 말았다.

그날 이후 〈영국의 동물들〉은 더 이상 들을 수 없었다. 그 대신 시인 미니무스가 다음과 같이 시작하는 노래를 만들었다.

> 동물 농장, 동물 농장
> 내가 있어 그대 불행하지 않으리!

동물들은 매주 일요일 아침 깃발을 게양한 뒤 이 노래를 불러야 했다. 그러나 왠지 가사도 곡조도 〈영국의 동물들〉만큼 마음에 들지는 않는 눈치였다.

CHAPTER VIII

며칠 후. 처형으로 인한 공포가 누그러지자 몇몇 동물들은 "동물은 다른 동물을 죽여서는 안 된다"고 한 여섯 번째 계명이 기억났다—기억난 것 같았다. 그리고 돼지나 개가 듣는 데서는 아무도 입 밖에 내지는 않았지만, 얼마 전 일어난 살육이 여섯 번째 계명과 아귀가 맞지 않는다는 느낌이 들었다. 클로버는 벤저민에게 여섯 번째 계명을 읽어 달라고 부탁했지만 항상 그렇듯 벤저민은 그런 일에 관여하기 싫다며 거절했고, 하는 수 없이 그녀는 뮤리엘을 불러왔다. 뮤리엘은 여섯 번째 계명을 읽어 주었고 그 내용은 이러했다. "동물은 다른 동물을 '이유 없이' 죽여서는 안 된다." 왠지 몰라도 중간에 '이유 없이'라는 두 단어가 동물들의 기억에서는 빠져 있었다. 하지만 이제 동물들은 처형이 계명에 위배되지 않는다는 사실을 깨닫게 되었다. 스노우볼과 결탁한 배신자라는 타당한 이유가 있었으므로.

그해 내내, 동물들은 지난해에 일했던 것보다 더더욱 열심히 일했다. 전보다 벽이 두 배 두꺼운 풍차를 약속된 기일까지, 게다가 농장의 정규 노동을 병행하면서 완성한다는 것은 엄청난 중노동이었다.

때로는 동물들 입장에서 일은 존스 시절보다 더 오래 하지만 먹는 것은 예전이나 지금이나 다를 게 없는 것 같았다. 일요일 아침이면 스퀼러가 기다란 종잇조각을 앞다리로 누른 채 각종 곡물 생산량이 이백 퍼센트 혹은 삼백 퍼센트, 경우에 따라 오백 퍼센트나 늘었다는 것을 증명하는 통계를 읽어 주곤 했는데, 동물들은 그 말을 반박할 근거가 없었고 더욱이 혁명이 일어나기 전에는 상황이 어땠는지 이제는 기억나지도 않았다. 아무튼 숫자가 늘어나든 줄어들든 상관없으니 먹이나 좀 많이 주었으면 좋겠다는 생각이 드는 날도 있었다.

이제 모든 명령은 스퀼러나 다른 돼지를 통해 내려왔다. 나폴레옹은 보름에 한 번 동물들 앞에 모습을 보일까 말까 했다. 나폴레옹이 나타날 때는 언제나 사냥개들이 수행을 했을 뿐 아니라 연설을 하기 전 "꼬끼오" 하고 크게 울어 대는 나팔수 역할을 하는 검은 수탉도 한 마리 앞세웠다. 들리는 말에 따르면 나폴레옹은 농장집 안에서도 다른 돼지들과 떨어져 지내며 몇 개의 방을 썼고 언제나 응접실 유리 찬장 안에 있는 크라운더비[1] 식기 세트로 혼자 식사를 했으며 밥을 먹는 동안 사냥개 두 마리의 호위를 받았다. 그리고 두 기념일—혁명 기념일과 외양간 전투 전승 기념일—에 더하여 매년 나폴레옹의 생일에도 총이 발사될 것이라는 발표가 있었다.

이제 나폴레옹에 대해 말할 때 그냥 "나폴레옹"이라고 하지 않았다. 언제나 격식을 갖추어 "우리 영도자 나폴레옹 동무"라고 불렀고, 돼지들은 "모든 동물의 어버이" "인류의 공포" "울타리의 수호자" "새끼 오리들의 친구" 같은 칭호를 지어 내기를 좋아했다. 스퀼러는 나폴레옹의 지혜와 선한 마음, 특히 아직도 무지 속에서 노예 상태로 살고 있는 다른 농장의 불행한 모든 동물들에게 품고 있는 깊은 애정에 대해 일장 연설을 늘어놓으면서 두 뺨 위로 눈물을 흘리곤 했다. 성공적인 업적과 행운은 모두 나폴레옹의 공으로 돌리는 것도 예사였다. 어떤 암탉이 다른 암탉에게 "우리 지도자 나폴레옹 동무의 영도 아래, 엿새 동안 달걀 다섯 개를 낳았다오"라고 말하거나 연못에서 즐겁게 물을 마시는 젖소 두 마리가 "우리 영도자 나폴레옹 동무 덕택에 물맛이 어찌나 좋은지!" 하고 감탄하는 소리가 종종 들리곤 했다. 전반적인 농장 분위기는 미니무스가 지은 〈나폴레옹 동무〉라는 제목의 시에 잘 나타나 있다.

---

[1] 꽃무늬와 금색 도료로 장식한 황실 납품용 도자기를 만든 회사.

어버이 잃은 자의 친구여
행복의 샘이여
여물통의 주인이여
고요하고 위풍당당한
그대 눈동자를 바라볼 때마다
저 하늘 태양처럼 내 영혼 불타오르네
나폴레옹 동무!

그대는 동물들이 사랑하는
모든 것을 주시는 분
하루 두 번 불룩한 배, 편안하고 깨끗한 밀짚
크고 작은 모든 동물
외양간에 편히 사도록
모든 것을 보살피는
나폴레옹 동무!

내게 젖먹이 돼지가 있다면
맥주병 아니 밀방망이만큼 자라기 전에
가르치리라
그대에게 충성하고 진실할 것을
오오, 그가 내지를 첫 꽥 소리는
"나폴레옹 동무!"

나폴레옹은 이 시를 승인했고 큰 헛간 일곱 계명 맞은편 벽에 써 두도록 지시했다. 스퀼러는 흰 페인트로 나폴레옹의 옆얼굴을 초상화로 그리고 그 위에 시를 썼다.

그러는 동안 나폴레옹은 윔퍼의 중개로 프레데릭과 필킹턴을 상대로 복잡한 협상을 벌이느라 정신이 없었다. 목재는 아직 팔지 않았다. 목재를 손에 넣기 위해 안달이 난 건 프레데릭 쪽이었지만 그는 합당한 가격을 제시하지 않았다. 그와 동시에 풍차를 맹렬히 시기했던 프레데릭과 그의 일꾼들이 동물 농장을 공격하여 풍차를 파괴할 음모를 꾸미고 있다는 소문이 다시 나돌았다. 스노우볼은 여전히 핀치필드 농장에 숨어 있는 것으로 알려져 있었다. 여름이 한창일 때였다. 암탉 세 마리가 스노우볼에게 지령을 받고 나폴레옹을 살해할 음모에 가담했노라 자백했다는 소식에 동물들은 크게 놀랐다. 암탉들은 즉시 처형되었고 나폴레옹의 안전을 위한 새로운 예방 조치가 취해졌다. 밤에는 침대 모서리마다 한 마리씩, 사냥개 네 마리가 나폴레옹을 지켰고 독살당하지 않도록 모든 음식을 사전에 먹어 보는 임무가 '핑크아이'라는 젊은 돼지에게 주어졌다.

그즈음, 나폴레옹이 목재를 필킹턴에게 팔기로 결정했으며 또한 동물 농장과 폭스우드 농장의 생산물을 서로 교환하기 위한 정식 계약을 체결할 예정이라는 사실이 알려졌다. 나폴레옹과 필킹턴은—비록 윔퍼를 통해서 맺어지긴 했지만—거의 우호적인 관계였다. 필킹턴도 인간이므로 동물들은 그를 불신했지만, 두려워하는 동시에 증오하는 프레데릭보다는 훨씬 낫다고 생각했다. 여름이 깊어 가고 풍차의 완성이 가까워짐에 따라 배신자들의 공격이 임박했다는 소문은 더욱 거세졌다. 소문에 따르면 프레데릭은 총으로 무장한 장정 스무 명을 데리고 쳐들어올 것이며 판사와 경찰을 이미 매수해 놓은 상태라 동물 농장의 권리증서만 일단 손에 넣으면 소유권에 대해서는 아무것도 묻지 않기로 되어 있었다. 게다가 핀치필드 농장에서는 프레데릭이 자기 농장 동물들에게 가했던 잔혹 행위에 대한 끔찍한 이야기가 새어 나왔다. 프레데릭은 늙은 말을 매질해서 죽였고 젖소를 굶겨 죽였으며 개를 아궁이에 던져 넣어 죽이는가 하면 밤마다 수탉 발톱에 면도날 조각을 묶어 싸우게 했다. 이런 일들이 동지들에게 행해지고 있다는 이야기를 듣고 동물 농장 동물들의 피는 분노로 끓어올랐다. 때로는 나폴레옹에게 단체로 몰려가 핀치필드 농장을 공격하여 인간들을 내쫓고 고통받는 동물들을 해방시킬 것을 강력하게 요구하기도 했다. 하지만 스퀼러는 무모한 행동을 삼가고 나폴레옹 동무의 전술을 믿으라고 충고했다.

그럼에도 불구하고 프레데릭에 대한 반감은 계속 격해져만 갔다. 어느 일요일 아침, 나폴레옹이 큰 헛간에 나타나 프레데릭에게 목재를 팔 생각은 한 적도 없을 뿐 아니라 그런 악당과 거래를 하는 것은 자기 품위를 떨어뜨리는 짓이라고 해명했다.

혁명 소식을 퍼뜨리기 위해 계속 날려 보내던 비둘기들은 폭스우드 농장에 내려앉는 것이 금지되었고, "인간에게 죽음을"이라는 구호를 "프레데릭에게 죽음을"으로 교체하라는 명령도 받았다. 늦여름에는 스노우볼의 또 다른 계략이 드러났다. 당시 밀밭에는 잡초가 가득했는데, 어느 날 밤 스노우볼이 몰래 들어와 파종할 밀 속에 잡초 씨앗을 섞어 놓았음이 밝혀진 것이다. 이 음모에 가담했던 수거위 한 마리가 스퀼러에게 자기 죄를 자백하고는 벨라도나

독열매를 먹고 스스로 목숨을 끊었다. 동물들은 이제 스노우볼이 '1급 동물영웅' 무공훈장을 받은—받았다고 믿어 온—사실이 없다는 것도 알게 되었다. 그것은 외양간 전투가 끝난 직후에 스노우볼이 꾸며 낸 무용담에 불과했다. 스노우볼은 훈장을 받기는커녕 전투에서 비겁한 행동을 보였다는 이유로 비난을 받았다. 몇몇 동물들은 이 말을 듣고 조금 어리둥절했지만, 스퀼러는 그들의 기억이 틀렸다고 납득시킬 수 있었다.

가을이 되었다. 엄청난 노동의 대가로—가을 수확도 같이 해야 했기 때문에—풍차는 완성되었다. 아직은 기계가 설치되지 않았고, 물론 윔퍼가 구입 협상을 진행하고 있었지만, 아무튼 건물만 완성되었다. 경험 부족과 원시적인 도구와 불운과 스노우볼의 배반이라는 온갖 역경에도 굴하지 않고 하루의 어김도 없이 풍차가 완성된 것이다! 동물들은 너무나 지쳤지만 처음 만들었을 때보다 훨씬 아름다워 보이는 자랑스러운 걸작 주위를 맴돌고 또 맴돌았다. 게다가 벽은 전보다 두 배나 두꺼웠다. 이번에는 폭약이 아니고서는 절대 쓰러뜨리지 못하리라! 그동안 얼마나 힘이 들었는지, 어떻게 좌절을 극복했는지, 풍차 날개가 돌아가고 발전기가 가동되면 어떤 막대한 변화가 생겨날지, 그런 생각이 들자 동물들은 피곤함도 잊은 채 승리의 함성을 지르며 풍차 주위를 돌고 또 돌았다. 나폴레옹도 사냥개와 수닭을 대동하고 완성된 풍차를 점검하러 달려왔다. 그는 친히 동물들의 업적을 치하했고 풍차를 '나폴레옹 풍차'로 명명한다고 선언했다.

이틀 후, 동물들은 큰 헛간에서 열린 특별 회의에 소집되었다. 나폴레옹이 목재를 프레데릭에게 매각했다고 발표하자 동물들은 놀라서 말문이 막히고 말았다. 내일 프레데릭이 수레를 보내 목재를 실어 갈 것이라고 했다. 겉으로는 필킹턴과 우호 관계를 유지하는 척하면서 실은 프레데릭과 비밀 계약을 맺은 것이다.

폭스우드와는 모든 관계가 단절되고 필킹턴에게는 모욕적인 메시지가 보내졌다. 비둘기에게는 핀치필드 농장을 피하고 구호를 "프레데릭에게 죽음을"에서 "필킹턴에게 죽음을"로 변경하라는 명령이 떨어졌다. 그와 동시에 나폴레옹은 동물 농장에 대한 공격이 임박했다는 소문은 완전히 날조된 것이며 프레데릭이 동물들에게 저지른 학대에 관한 소문도 크게 과장되었다고 잘라 말했다. 그 모든 소문은 아마도 스노우볼과 그의 첩자들이 지어냈을 것이다. 어쨌든 현재 스노우볼은 핀치필드 농장에 숨어 있지 않은 것으로 보이며, 사실 핀치필드에는 간 적도 없음이 분명해졌다. 스노우볼은 폭스우드에서—상당히 호화롭게—살고 있으며 실제로 지난 수년 동안 필킹턴에게 넌금을 받았다고 했다.

돼지들은 나폴레옹의 계략에 짜릿함을 느꼈다. 필킹턴과 우호적인 관계로 보임으로써 프레데릭이 가격을 십이 파운드나 올리도록 몰고 간 것이다. 그러나 나폴레옹의 탁월한 점은 프레데릭뿐 아니라 그 누구도 신용하지 않는다는 사실에서 드러난다고 스퀄러는 말했다. 프레데릭은 돈을 지불하겠다는 약속이 적힌 수표라는 종이쪽지로 목재 값을 치르고자 했다. 그렇지만 나폴레옹은 너무나 영리했다. 오 파운드짜리 진짜 지폐로, 그것도 목재를 실어 가기 전에 지불해야 한다고 요구했던 것이다. 프레데릭은 이미 전액을 지불했고 이는 풍차에 필요한 기계를 사들이기에 충분한 액수였다.

한편 목재는 빠른 속도로 실려 나갔다. 프레데릭이 목재를 전부 신고 가자 지폐를 검사하기 위한 특별 동물 회의가 큰 헛간에서 열렸다. 훈장 두 개를 단 나폴레옹은 기분 좋게 미소를 지으며 연단 위 밀짚 침대에 누워 있었고 그 곁에는 농장집 부엌에서 가져온 도자기 접시 위에 차곡차곡 쌓인 지폐가 놓여 있었다. 동물들은 천천히 줄을 지어 지나가며 돈을 실컷 구경했다. 복서가 냄새를 맡으려 코를 내밀자 하얗고 얇은 지폐가 콧김에 날려 바스락거렸다.

그리고 사흘 뒤. 끔찍한 소동이 일어났다. 사색이 된 윔퍼가 자전거를 타고 샛길을 달려오더니 마당에 자전거를 내동댕이치고 그대로 농장집으로 뛰어 들어갔다. 다음 순간, 나폴레옹의 방에서 숨이 넘어갈 듯 분노로 울부짖는 소리가 났다. 사건이 일어났다는 소식은 들불처럼 삽시간에 농장 전체로 번졌다. 지폐는 가짜였다. 프레데릭은 목재를 거저 가져간 것이다!

나폴레옹은 즉시 동물들을 소집했고 소름 끼치는 목소리로 프레데릭에게 사형을 선고했다. 프레데릭을 잡기만 하면 산 채로 삶아 버리겠다고 말했다. 동시에 이 기만적인 책동에 대해 최악의 사태를 각오해야 할 것이라며 그들에게 경고했다. 당장이라도 프레데릭과 그 패거리들이 오랫동안 기다리고 있던 공격을 감행할지도 모를 일이었다. 나폴레옹은 농장으로 들어오는 모든 진입로에 보초병을 배치했다. 또한 필킹턴과 좋은 관계를 회복할 수 있기를 희망한다는 화해의 메시지와 함께 비둘기 네 마리를 폭스우드로 파견했다.

공격이 시작된 것은 바로 이튿날이었다. 한창 아침을 먹고 있을 때 망을 보던 동물들이 프레데릭 패거리가 이미 다섯 가로대 대문을 돌파했다는 소식을 들고 뛰어왔다. 동물들은 결연한 각오로 이에 맞서기 위해 뛰쳐나갔지만, 이번에는 외양간 전투 때처럼 손쉽게 승리를 쟁취할 수 없었다. 장정 열다섯 가운데 여섯이 총을 들었고 동물들이 오십 미터 안으로 들어서면 즉시 사격을 개시했다. 그 무서운 폭음과 매서운 총알을 동물들은 도저히 마주할 수가 없었다. 나폴레옹과 복서가 동물들을 결집시키려 분연히 노력했건만 이내 뒤로 밀려나고 말았다. 동물 상당수가 이미 부상을 당했다. 동물들은 농장 건물 안으로 피신했고 문틈과 벽에 난 구멍으로 조심스럽게 밖을 내다봤다. 풍차를 포함한 목초지 전체가 적의 손아귀에 들어가 있었다. 나폴레옹도 한동안 당황한 것 같았다. 뻣뻣해진 꼬리를 파르르 떨며 말없이 이리저리 서성거리다가 애절한 눈빛으로 폭스우드 쪽을 바라보았다. 필킹턴과 그의 일꾼들이 지원을 해 준다면 아직은 승산이 있을 것이다. 그러나 바로 그때 전날 파견했던 비둘기 네 마리가 돌아왔고, 그중 한 마리는 필킹턴이 보낸 쪽지를 가지고 있었다. 쪽지에는 이렇게 쓰여 있었다. "쌤통이다."

그러는 동안 프레데릭 패거리들은 풍차 주변에 멈춰 있었다. 인간들을 주시하고 있던 동물들은 깜짝 놀라 수런대기 시작했다. 장정 둘이 쇠지렛대와 커다란 망치를 꺼내 들었던 것이다. 그들은 풍차를 때려 부술 셈이었다.

"어림없지!" 나폴레옹이 외쳤다. "이럴 줄 알고 벽을 두껍게 쌓은 것이오. 일주일이 지나도 끄떡없을 테니 힘을 내시오, 동지들!"

하지만 벤저민은 일꾼들의 움직임을 예의 주시했다. 일꾼들은 망치와 쇠지렛대로 풍차 벽 아랫부분에 구멍을 내고 있었다. 벤저민은 재미있다는 표정을 지으며 기다란 콧등을 천천히 끄덕거렸다.

"그럼 그렇지." 벤저민이 말했다. "인간들이 뭘 하는지 안 보여?

이제 저 구멍 속에 폭약을 채울 거라고."

동물들은 겁에 질린 채 지켜보았다. 지금 위험을 무릅쓰고 건물 밖으로 나갈 수는 없었다. 몇 분 후 인간들이 사방으로 달아나는 게 보였다. 그리고 귀청이 떨어질 듯한 굉음이 났다. 비둘기들은 하늘로 솟구쳤고 나폴레옹을 제외한 다른 동물들은 모두 몸을 날려 땅바닥에 배를 깔고 납작 엎드려 얼굴을 파묻었다. 다시 고개를 들었을 때 풍차가 있던 자리에는 거대한 검은 연기가 구름처럼 떠 있었다. 산들바람이 불어와 연기를 서서히 밀어냈다. 풍차는 사라졌다!

그 광경에 동물들의 용기가 되살아났다. 이 악랄하고 비열한 행위에 대한 분노가 조금 전까지 느꼈던 공포와 절망을 삼켜 버린 것이다. 보복을 다짐하는 거센 함성이 올랐다. 동물들은 더 이상 명령을 기다리지 않고 한데 뭉쳐 적을 향해 일직선으로 돌격했다. 무자비한 총알이 우박처럼 쏟아졌지만 이번에는 눈도 깜짝하지 않았다. 야만적이고 격렬한 전투였다. 인간들은 총을 쏘고 또 쏘아 댔고 동물들이 코앞까지 접근하자 몽둥이를 휘두르고 구둣발로 걸어찼다. 젖소 한 마리, 양 세 마리 그리고 거위 두 마리가 죽었고 다른 동물도 거의 모두 부상을 당했다. 후방에서 작전을 지휘하던 나폴레옹마저 총에 맞아 꼬리 끝이 떨어져 나갔다. 인간 역시 무사하지는 않았다. 일꾼 셋이 복서의 발굽에 얻어맞아 머리가 깨졌고 하나는 젖소 뿔에 배를 들이받혔으며 제시와 블루벨은 어느 일꾼의 바지를 갈기갈기 찢어 버렸다. 산울타리 뒤에 매복하고 있던 나폴레옹의 경호견 아홉 마리가 사납게 짖어 대며 측면에서 기습하자 인간들은 공황 상태에 빠졌다. 포위당할 위험에 처했다는 사

79

실을 깨달은 것이다. 프레데릭은 상황이 더 악화되기 전에 도망치라고 일꾼들에게 소리쳤고 비겁하게도 적들은 죽을힘을 다해 달아났다. 동물들은 들판 끝까지 추격하여 인간들이 가시 울타리를 헤집고 나가는 마지막 순간까지 발길질을 해 댔다.

승리했지만 지쳤고 피를 흘렸다. 동물들은 다리를 절뚝거리며 농장 쪽으로 천천히 돌아가기 시작했다. 풀밭 위에 죽어 엎더진 동지들의 모습에 눈시울이 뜨거워졌다. 그리고 한때 풍차가 서 있던 곳에 이르자 슬픈 침묵에 휩싸인 채 한참을 그대로 서 있었다. 그렇다. 풍차는 사라졌다. 고된 노동의 결실인 풍차가 돌멩이 하나 남기지 않고 사라져 버린 것이다! 토대도 부분적으로 파괴되었다. 지난번처럼 무너져 내린 돌을 사용해 풍차를 재건할 수도 없다. 이번에는 돌도 사라졌다. 폭발의 위력으로 수백 미터 밖으로 날아가 버렸기 때문이다. 마치 처음부터 풍차는 존재한 적이 없는 것 같았다.

동물들이 농장에 다다르자 전투를 치르는 동안 어째서인지 보이지 않던 스퀼러가 만족스러운 듯 만면에 웃음을 띠고 꼬리를 흔들며 깡충깡충 뛰어왔다. 그리고 농장 건물 쪽에서 우렁찬 총성이 났다.

"저 총소리는 뭐요?" 복서가 물었다.

"승리를 기념하기 위한 것이오!" 스퀼러는 소리쳤다.

"무슨 승리?" 무릎에서 피를 흘리며 복서가 재차 물었다. 편자 하나가 없어진 발굽은 갈라져 있었고 뒷다리에는 총알 여남은 개가 박혀 있었다.

"무슨 승리냐고 했소, 동무? 우리 땅—신성한 동물 농장에서 적들을 몰아내지 않았소?"

"하지만 풍차가 날아갔잖나. 풍차를 만드느라 꼬박 두 해를 고생했는데!"

"무슨 상관이오? 우린 또 풍차를 세울 것이오. 마음만 내키면 여섯 개라도 세울 것이오. 동무는 우리가 이룬 위대한 승리의 진가를 인정하지 않는군. 적들은 지금 우리가 서 있는 바로 여기 이 땅을 점령하고 있었소. 그런데—나폴레옹 동무의 영도 덕분에—한 치도 빠짐없이 모두 되찾았소!"

"그렇다면 전에 가졌던 걸 되찾은 거잖아." 복서가 말했다.

"그게 바로 우리가 승리했다는 뜻이오." 스퀼러가 말했다.

동물들은 절뚝거리며 마당으로 들어갔다. 살갗에 박힌 파편 때문에 복서의 다리가 심하게 욱신거렸다. 풍차를 토대부터 재건해야 하는 중노동이 기다리고 있음을 깨달은 그는 이미 마음속으로 작업에 대비하고 있었다. 하지만 그때 처음으로 자기 나이가 벌써 열한 살이며 거대한 근육도 예전 같지 않을 거란 생각이 들었다.

하지만 나부끼는 초록 깃발과, 다시금 울려 퍼지는 총성—발사된 것은 도합 일곱 발—과 그리고 동물들의 활약을 치하하는 나폴레옹의 연설에, 결국 자기들이 대승을 거둔 것처럼 동물들은 여기게 되었다. 전사한 동지들을 위해 엄숙한 장례식이 거행되었다. 복서와 클로버는 관을 실은 마차를 끌었고 나폴레옹은 행렬의 선두에 서서 걸었다. 행사는 장장 이틀 동안 이어졌다. 노래를 부르고 연설을 했으며 총도 여러 번 쏘았다. 동물에게는 사과 한 알, 새에게는 곡식 오십 그램, 사냥개에게는 개비스킷 세 쪽이 특별 선물로 주어졌다. 나폴레옹은 이 전투를 '풍차 전투'로 명명할 것이며 '초록기 훈장'이라는 새로운 훈장을 만들어 자신에게 수여했음을 공표했다. 대체로 즐거운 가운데 불미스러운 위조지폐 사건은 잊혔다.

돼지들이 농장집 지하 식품 저장고에서 위스키 상자를 발견한 것은 그로부터 며칠이 지난 후였다. 처음 농장집을 차지했을 때는 못 보고 지나쳤던 것이다. 그날 밤 농장집에서 시끄러운 노랫소리가 들려왔는데 놀랍게도 〈영국의 동물들〉의 곡조도 섞여 있었다. 그리고 아홉 시 반쯤, 존스의 낡은 중산모를 쓴 나폴레옹이 농장집 뒷문으로 나오더니 마당을 뛰어다니다가 다시 안으로 들어가는 모습을 동물들은 똑똑히 목격했다.

그러나 아침. 농장은 정적에 휩싸여 있었다. 돼지 새끼 한 마리 얼씬하지 않았다. 퀭한 눈으로 꼬리를 축 늘어뜨린 스퀄러가 아무리 봐도 중병에 걸린 몰골로 맥없이 천천히 걸어 나온 것은 아홉 시가 다 되어서였다. 그는 동물들을 집합시켜 심각한 소식을 전해야 한다고 말했다. 나폴레옹 동무가 죽어 가고 있다고!

비탄의 울음소리가 터져 나왔다. 동물들은 농장집 문밖에 밀짚을 깔고 발꿈치를 들고 살금살금 걸어 다녔다. 눈물을 글썽이며 우리 영도자가 세상을 떠나면 어떻게 해야 할지 서로 물었다. 스노우볼이 나폴레옹의 음식에 용케도 독을 넣었다는 소문이 돌았다. 열한 시, 스퀄러가 또다시 발표를 하러 나왔다. 이 세상에서의 마지막 조치로 나폴레옹 동무는 준엄한 법령을 선포했다. 음주는 죽음으로 벌할 것이다.

그러나 저녁이 되자 나폴레옹은 조금 기운을 차린 것 같았고 이튿날 아침 스퀄러가 나폴레옹이 순조롭게 회복되고 있다고 발표했다. 그날 저녁 나폴레옹은 업무에 복귀했고 그다음 날에는 윔퍼에게 윌링던에 가서 양조와 증류에 관한 책자를 구해 오라고 지시했음이 밝혀졌다. 일주일 후 나폴레옹은 예전에 은퇴한 동물들을 위한 방목장으로 따로 떼어 놓았던 과수원 너머 작은 목초지를 갈아 엎도록 명령했다. 풀밭이 황폐해져 다시 씨를 뿌려야 한다는 게 이유였지만, 나폴레옹이 그곳에 보리를 심으려 한다는 사실이 곧 알려졌다.

그 무렵, 누구도 이해하기 힘든 이상한 사건이 일어났다. 어느 날 밤 열두 시쯤 마당에서 쿵 하고 요란한 소리가 나기에 동물들은 외양간에서 뛰어나가 살펴보았다. 달 밝은 밤이었다. 큰 헛간 일곱 계명이 적혀 있는 벽 끄트머리 쪽 땅바닥에 사다리가 두 동강이 나 있었다. 그 옆에는 스퀼러가 기절한 채 뻗어 있었고 근처에는 등불과 붓 그리고 엎어진 흰 페인트통이 널브러져 있었다. 곧 사냥개들이 스퀼러를 둥글게 둘러쌌고 그가 걸을 수 있게 되자마자 농장집으로 호위하여 데려갔다. 동물들은 이것이 무엇을 의미하는지 짐작할 수 없었다. 눈치 빠른 벤저민 영감만 무슨 일인지 알겠다며 콧등을 끄덕였지만 아무런 말도 하지 않았다.

그러나 며칠 뒤, 혼자서 일곱 계명을 읽고 있던 뮤리엘은 동물들이 잘못 기억하는 계명이 또 하나 있다는 사실을 알아차렸다. 동물들은 다섯 번째 계명이 "동물은 술을 마셔서는 안 된다"라고 알고 있지만, 사실은 네 글자를 빼먹은 것이다. 실제로 다섯 번째 계명은 이렇게 적혀 있었다. "동물은 술을 '너무 많이' 마셔서는 안된다."

갈라진 복서의 발굽이 아물기까지는 오랜 시간이 걸렸다. 전승 축하 행사가 끝난 다음 날부터 동물들은 풍차 재건을 시작했다. 복서는 단 하루도 쉬지 않았고 약한 모습을 보이지 않는 것을 명예로 여겼다. 하지만 저녁에는 발굽이 너무 아프다고 클로버에게 남몰래 하소연하곤 했다. 클로버는 약초를 씹어서 복서의 발굽에 발라 주었고 벤저민과 함께 너무 무리하면 안 된다고 설득하기도 했다. "말의 근육이라 해도 영원히 가지는 않아요." 클로버가 타일렀다. 하지만 복서는 들으려 하지 않았다. 그리고 자기에게 남은 유일한 소망은 은퇴할 나이가 되기 전에 힘차게 돌아가는 풍차를 보는 것이라고 말했다.

동물 농장에 법이 처음으로 제정되었을 당시 은퇴 연령은 말과 돼지는 열두 살, 젖소는 열네 살, 개는 아홉 살, 양은 일곱 살 그리고 닭과 거위는 다섯 살로 정해졌다. 후한 노령 연금도 약속되었다. 실제로 은퇴해서 연금을 받는 동물은 아직 없지만 요즘 들어 그 문제에 대한 논의는 더욱 잦아졌다. 과수원 너머 작은 목초지에는 보리를 심기로 결정되었기 때문에 커다란 목초지 모퉁이에 울타리를 쳐서 노쇠한 동물들을 위한 방목장을 만들 것이라는 소문이 있었다. 말의 경우 연금은 하루에 곡식 이 킬로그램, 겨울에는 건초 칠 킬로그램, 공휴일마다 당근 또는 사과 하나를 추가로 지급할 것이라 했다. 이듬해 늦여름에 복서는 열두 번째 생일을 맞이할 것이다.

한편 동물들의 생활은 더욱 고단해졌다. 그해 겨울은 지난해만큼 추웠고 먹이는 지난해보다 더 부족했다. 돼지와 개를 제외한 모든 동물의 먹이 배급이 또다시 줄어들었다. 평등한 배급을 지나치게 엄정하게 시행하는 것은 동물주의 원칙에 어긋난다고 스퀼러는 해명했다. 겉으로 보이는 것과는 달리 실제로는 식량이 부족하지 않다는 사실을 증명하는 것은 그리 어렵지 않았다. 스퀼러는 당분간 배급량을 재조정해야 할 필요가 있지만(언제나 '재조정'한다고 했으며 결코 '삭감'이라고 하지 않았다) 존스 시절과 비교하면 엄청나게 개선되었다고 했다. 그는 쩨지는 목소리로 각종 수치들을 재빨리 읽어 내려가면서 존스 시절에 비해 더 많은 귀리와, 더 많은 건초와, 더 많은 순무를 먹는 것, 더 적은 시간 일하는 것, 식수의 질이 더 좋아진 것, 수명이 늘어난 것, 새끼들의 유아기 생존율이 높아진 것, 외양간에 밀짚이 더 많이 깔린 것과 벼룩 피해가 줄어든 것을 동물들에게 요목조목 증명했다. 동물들은 그 말을 속속들이 믿었다. 사실대로 말하자면 존스와 관련된 모든 것들이 동물들의 기억 속에서 이미 희미해져 있었다. 요즘 들어 사는 게 너무나 고되고 궁색했다. 자주 배를 곯고 가끔은 추위에 떨며, 잠을 자는 시간을 빼면 대개 일을 한다는 것을 동물들은 알고 있었다. 하지만 의심의 여지없이 예전에는 상황이 훨씬 나빴다. 기꺼이 그렇게 믿었다. 게다가 스퀼러가 어김없이 강조하는 바와 같이, 그때는 노에였시만 지금 자유의 몸이며 그 차이는 하늘과 땅이다.

먹여야 할 입은 더 많아졌다. 가을에는 암돼지 네 마리가 동시에 출산을 했는데, 총 서른한 마리의 새끼 돼지를 낳았다. 새끼들은 얼룩 돼지였고 농장에서 거세를 하지 않은 수돼지는 나폴레옹뿐이었으므로 그들이 누구의 혈통인지 짐작할 수 있었다. 나중에 벽돌과 목재를 사들여 농장집 정원에 학교를 지을 것이라는 발표가 있었다. 그때까지 당분간 농장집 부엌에서 나폴레옹이 직접 새끼 돼지들을 교육했다. 새끼 돼지들은 정원에서 운동을 했고 다른 새끼 동물들과 어울려 놀지 못하도록 주의를 받았다. 그 무렵 길에서 돼지와 마주치면 다른 동물이 한쪽으로 비켜서야 하며 또한 지위 고하를 막론하고 모든 돼지는 일요일마다 녹색 리본으로 꼬리를 장식할 특권을 갖는다는 법이 제정되었다.

한 해 동안 농장 운영은 성공적이었지만 돈은 여전히 부족했다. 교실을 지을 벽돌과 모래, 석회를 사야 했고 풍차에 설치할 기계를 들여오기 위해 저축도 다시 시작해야 했다. 그리고 농장집에 필요한 등잔 기름과 양초, 나폴레옹의 식탁에 올릴 설탕(살이 찐다는 이유로 다른 돼지들에게는 설탕을 금지했다) 그리고 연장, 못, 노끈, 석탄, 철사, 고철, 개비스킷 따위의 온갖 일상적인 소비품도 필요했다. 건초 한 더미와 수확한 감자 중 일부가 팔려 나갔고 달걀 출하량은 주당 육백 개로 늘어나서 암탉들은 간신히 명맥을 유지할 만큼만 병아리를 깔 수 있었다. 십이월에 줄어들었던 먹이 배급은 이월 들어 또 줄었으며 기름을 아끼기 위해 외양간 안에서 등불을 켜는 것이 금지되었다. 그러나 돼지들의 생활은 넉넉한 것 같았다. 오히려 체중이 늘고 있었다. 이월 하순의 어느 날 오후, 존스 시절에는 쓰지 않던 부엌 뒤편에 있는 작은 양조장에서 지금껏 동물들이 한 번도 맡아 본 적 없는 푸근하고 그윽하고 군침 도는 향내가 온 마당으로 퍼져 나갔다. 보리 삶는 냄새라고 누군가 말했다. 배가 고팠던 동물들은 게걸스레 킁킁거리며 저녁 식사로 뜨끈한 보리죽이 나오려나 생각했다. 하지만 보리죽은 나오지 않았다. 다음 주 일요일에 앞으로 보리는 전량 돼지들 몫으로 배정될 것이라는 발표가 있었다. 과수원 너머 들판에는 이미 보리가 파종되어 있었다. 그리고 현재 모든 돼지들은 매일 맥주 오백 시시씩 배급받고 있으며 나폴레옹에게는 매일 이천 시시씩 크라운더비 대접에 담아 제공된다는 소식이 새어 나왔다.

고통을 감수해야 했지만 옛날에 비하면 오늘날의 삶이 훨씬 품위가 있다는 사실로 조금은 보상이 되었다. 더 많은 노래를 불렀고 연설과 행진은 더욱 자주 행해졌다. 나폴레옹은 일주일에 한 번 '자발적 시위'라는 것을 개최하도록 지시했다. 동물 농장의 투쟁과 승리를 기념하기 위한 목적이라고 했다. 정해진 시간이 되면 동물들은 일손을 멈추고 돼지를 필두로 말, 젖소, 양 그리고 가금류 순으로 군대처럼 대형을 갖춰 농장 안을 두루 행진했다. 사냥개들은 행렬의 옆에서 걸었고 나폴레옹의 검은 수탉이 선두에서 행진했다. 복서와 클로버는 매번 발굽과 뿔 그리고 "나폴레옹 동무 만세!"라고 적힌 초록색 깃발을 펼쳐 들었다. 행진을 한 후에는 미니무스가 나폴레옹의 영광을 노래하는 시를 낭독했고 스퀼러가 최근의 식량 증산에 대해 상세히 보고했으며 중간중간 총도 한 발씩 쏘았다. 양들은 '자발적 시위'의 첫째가는 광신도였는데 만약 누군가 시간만 낭비했다거나 추위 속에 죽치고 서 있기만 했다고 불평이라도 하면(근처에 돼지나 개가 없을 때 간혹 불평하는 동물이 있었다) 어김없이 "두 다리는 좋고 네 다리는 나쁘다!"라고 악을 써서 말문을 막아 버렸다. 하지만 대체로 동물들은 이런 행사를 좋아했다. 동물들 스스로가 진정으로 자신의 주인이며, 지금까지 해 온 일들은 어쨌든 자신들의 이익을 위해서였다고 생각하면 위로가 되었기 때문이다. 그래서 노래니 행진이니 스퀼러의 통계표니 우레와 같은 총소리니 수탉의 울음소리니 펄럭이는 깃발이니 하는 것에 그들은 적어도 잠시나마 배 속이 텅 비었다는 현실을 잊을 수 있었다.

사월. 동물 농장은 공화국으로 선포되었고 대통령을 선출해야 했다. 후보는 오직 하나 나폴레옹뿐이었고 만장일치로 당선되었다. 같은 날 스노우볼과 존스의 공모에 대한 자세한 사항을 폭로하는 새로운 서류가 발견되었다는 발표가 있었다. 이제 스노우볼은 동물들이 전에 생각했던 것처럼 단순히 계략을 써서 외양간 전투에서 지려고 했던 것이 아니라 대놓고 존스 편에 서서 싸웠음이 분명해졌다. 사실상 인간 패거리의 지도자는 스노우볼이었고 자기 입으로 "인간 만세!"를 외치며 전투에 뛰어들었다. 몇몇 동물이 아직도 본 것으로 기억하고 있는 스노우볼의 등에 난 총상은 실은 나폴레옹의 이빨에 물린 것이었다.

한여름이 되자 수년간 보이지 않던 까마귀 모세가 농장에 다시 나타났다. 모세는 전혀 변한 것이 없었다. 여전히 일을 하지 않았고 그전과 똑같은 말투로 얼음사탕 산에 대해 떠벌리고 다녔다. 모세는 나무 그루터기에 앉아 검은 날개를 퍼덕이며 듣고 싶어 하는 동물들이 있다면 몇 시간이고 설교를 했다. "저 위요, 동지들." 그는 커다란 부리로 하늘을 가리키며 근엄하게 말했다. "저기 보이는 어두운 구름 위에 있소. 가련한 동물들이 노동에서 벗어나 영원한 휴식을 누릴 수 있는 행복한 나라 얼음사탕 산이!" 한번은 아주 높이 날다가 그곳에 가 본 적이 있노라고, 또 토끼풀이 끝없이 펼쳐진 풀밭, 깻묵과 각설탕이 열리는 산울타리를 보았노라고 모세는 우겨 댔다. 많은 동물들이 그 말을 믿었다. 지금 동물들의 삶은 배고프고 고달프다. 그렇기 때문에라도 어딘가에 더 좋은 세상이 존재해야 마땅하지 않겠는가? 동물들은 그렇게 생각했던 것이다. 하지만 이해하기 어려운 것은 모세를 대하는 돼지들의 태도였다. 돼지들은 분명 얼음사탕 산에 대한 이야기는 거짓이라고 경멸하듯 말했지만, 일도 하지 않는 모세에게 하루에 맥주 오백 시시를 수당으로 지급했고 농장에 계속 머무를 수 있도록 허락했다.

발굽이 다 나은 후 복서는 전보다 더 열심히 일했다. 아니, 그해 모든 동물들이 노예처럼 일했다. 농장의 정규 노동은 물론 풍차 재건도 해야 했고 삼월부터는 새끼 돼지를 위한 학교 건물도 짓기 시작한 터였다. 부실한 식량 배급 탓에 장시간의 노동을 버티기는 힘들었지만 복서는 조금도 비틀거리지 않았다. 복서의 말과 행동에서 기력이 예전만 못하다는 기색은 전혀 찾을 수 없었다. 예전만 못한 것이 있다면 외모뿐이었다. 털가죽에서는 더 이상 윤기가 흐르지 않았고 커다란 엉덩이는 쪼그라든 것 같았다. "봄풀이 돋아나면 복서도 살이 오를 거야." 동물들은 그렇게 말했지만 봄이 와도 복서는 살이 오르지 않았다. 채석장 꼭대기로 올라가는 비탈길에서 어마어마한 무게의 바위를 온몸에 힘을 주고 끌어 올리는 복서를 보노라면, 그의 다리를 지탱하는 것은 근육이 아니라 오직 계속하려는 의지뿐인 것 같았다. 그럴 때마다 복서의 입술은 이렇게 말하는 듯 달싹거렸다. "나는 더 열심히 할 것이다." 하지만 목소리는 나오지 않았다. 클로버와 벤저민이 재차 건강을 돌보라고 경고했지만 복서는 귀담아듣지 않았다. 복서의 열두 번째 생일이 다가오고 있었다. 은퇴하기 전까지 돌을 많이 모으기만 한다면 무슨 일이 생기든 상관없다. 그렇게 복서는 생각했다.

어느 늦은 여름밤, 복서에게 불의의 사고가 생겼다는 소문이 온 농장에 퍼졌다. 복서는 한참 전에 돌 한 수레를 풍차까지 끌고 가려고 혼자 나갔었다. 그리고 아니나 다를까, 소문은 사실이었다. 몇 분 후 비둘기 두 마리가 그 소식을 들고 급히 날아왔다. "복서가 쓰러졌어요! 쓰러져서 일어나지 못하고 있어요!"

농장 동물의 약 절반이 풍차가 있는 언덕으로 달려갔다. 마차 굴대 사이에 목을 뻗고 누운 복서는 고개조차 가눌 수 없었다. 눈빛은 흐렸고 옆구리에 땀이 흥건했다. 가느다란 핏줄기가 입에서 흘러나왔다. 클로버가 그 옆에 무릎을 꿇었다.

"복서!" 클로버가 울부짖었다. "괜찮아요?"

"근육이 말썽이구려." 기어들어 가는 목소리로 복서가 말했다. "상관없어. 임자들은 내가 없어도 풍차를 완성할 수 있을 거야. 돌을 꽤 모아 두었거든. 어차피 은퇴도 한 달밖에 안 남았고. 솔직히 말하면 난 은퇴할 날을 손꼽아 기다리고 있어. 그리고 벤저민도 늙었으니 같이 은퇴시켜서 말벗이라도 삼게 해 주겠지."

"당장 도움을 청해야 해요!" 클로버가 말했다. "아무나 가서 스퀼러한테 이 일을 알려요!"

동물들은 스퀼러에게 이 소식을 전하려 즉시 농장집으로 달려갔다. 클로버는 옆에 남았고 벤저민도 복서 옆에 엎드려 기다란 꼬리로 말없이 파리를 쫓아 주었다. 약 십오 분 후, 연민과 걱정이 가득한 얼굴로 스퀼러가 나타났다. 그는 농장에서 가장 충실한 노동자 중 하나인 복서에게 이런 불행한 일이 일어났음을 알고 나폴레옹 동무가 심히 슬퍼하였으며 치료를 위해 윌링던에 있는 병원으로 보내기로 이미 결정했다고 말했다. 그 말에 동물들은 조금 불안해졌다. 몰리와 스노우볼 말고는 농장을 떠난 동물이 없을 뿐더러 아픈 동지를 인간 손에 맡긴다는 생각은 더더욱 하기 싫었다. 하지만 스퀼러는 농장에서 복서를 치료하는 것보다 윌링던의 수의사에게 보내 치료를 받게 하는 편이 훨씬 좋다는 말로 동물들을 쉽게 설득할 수 있었다. 그리고 반 시간 정도 지나자 복서는 조금 회복이 되었다. 가까스로 일어난 복서는 절뚝거리며 클로버와 벤저민이 미리 밀짚을 깔아 둔 외양간으로 힘겹게 돌아갔다.

그 후로 이틀 동안 복서는 줄곧 외양간에 남아 있었다. 돼지들은 욕실 약장에서 찾아낸 분홍색 물약이 든 커다란 약병을 보냈다. 클로버는 물약을 하루 두 번 식사 후에 복서에게 먹였다. 그녀가 저녁마다 외양간에 같이 누워 복서의 말벗을 해 주는 동안 벤저민은 파리를 쫓아 주었다. 복서는 자기가 이렇게 된 것을 슬퍼하지 말라고 했다. 그리고 몸을 잘 추스르면 삼 년은 더 살 수 있다느니 드넓은 방목장 한편에서 보낼 평화로운 나날이 기대된다느니 평생 처음으로 공부를 하고 정신을 수양할 여유를 갖게 되면 나머지 알파벳 스물두 자를 익히는 데 여생을 바칠 거라느니 하는 말로 클로버를 위로했다.

그러나 벤저민과 클로버가 복서와 함께 있을 수 있는 시간은 일과가 끝난 후 저녁뿐이었고 짐마차가 복서를 데리러 온 것은 대낮이었다. 그때 동물들은 돼지들의 감독 아래 순무밭에서 잡초를 뽑고 있었다. 목청이 터져라 울어 대며 농장 건물 쪽에서 죽어라 뛰어오는 벤저민을 보고 동물들은 깜짝 놀랐다. 벤저민이 흥분한 모습을—아니, 전속력으로 달리는 모습을 본 것은 그때가 처음이었다. "빨리, 빨리!" 벤저민은 악을 썼다. "빨리 오라니까! 저놈들이 복서를 데려가잖아!" 돼지의 명령을 기다리지도 않고 동물들은 일손을 놓고 농장 건물로 달려갔다. 과연 마당에 말 두 마리가 끄는 지붕 덮인 짐마차가 보였다. 마차 옆면에는 뭐라 글자가 쓰여 있었고 춤이 낮은 중산모를 쓴 능글맞은 사내가 마부석에 앉아 있었다. 복서의 외양간은 텅 비었다.

동물들은 짐마차 주위로 모여들었다. "잘 가요, 복서!" 동물들은 한목소리로 말했다. "잘 가요!"

"바보들아! 멍청이들아!" 벤저민은 이리저리 날뛰며 작은 발굽으로 땅을 구르고 소리를 질렀다. "머저리들아! 마차 옆에 뭐라고 쓰여 있는지 안 보여?"

그 말에 동물들은 멈칫했다. 침묵이 흘렀다. 뮤리엘이 한 글자씩 읽기 시작했다. 보기 답답했는지 벤저민이 뮤리엘을 옆으로 밀쳐 내고 글씨를 읽어 내려갔다. 모두가 숨을 죽이고 귀를 쫑긋 세웠다.

"알프레드 시몬스, 폐마 도축 및 아교 제조, 윌링던 소재, 가죽 및 골분 비료 취급, 개 사육용품. 저게 무슨 말인지 모르겠어? 복서를 도살장으로 데려가는 거라고!"

동물들은 공포에 질려 울음을 터뜨렸다. 그때 마부석에 앉아 있던 남자가 채찍으로 말을 후려치자 짐마차는 빠른 속도로 마당을 빠져나갔다. 동물들은 목청이 터지도록 울부짖으며 마차를 따라갔다. 클로버가 앞으로 비집고 나왔다. 마차는 점점 속도가 붙기 시작했다. 클로버는 속력을 내려고 육중한 다리를 열심히 움직였지만 그저 종종걸음만 칠뿐이었다. "복서!" 클로버가 외쳤다. "복서! 복서! 복서!" 바로 그 순간, 밖에서 야단법석이 난 소리를 들었는지 짐마차 뒤 작은 창에 코빼기에 흰 줄이 있는 복서의 얼굴이 비쳤다.

"복서!" 클로버가 공포에 질려 절규했다. "복서! 거기서 나와요! 뛰어내려요, 빨리! 당신을 끌고 가서 죽일 셈이라고요!"

동물들은 계속해서 소리쳤다. "내려요, 복서, 내리라니까요!" 하지만 마차는 더욱 속력을 내기 시작했고 점점 멀어져 갔다. 클로버의 외침을 복서가 알아들었는지 확실하지는 않다. 하지만 잠시 후 창문에서 그의 얼굴이 사라지더니 마차 안에서 요란스레 발을 구르는 소리가 들렸다. 문을 박차고 나오려 하는 것이었다. 예전 같았다면 복서의 발길질 몇 번에 짐마차는 박살이 났을 것이다. 하지만 슬프도다, 힘이 그를 떠났구나! 그마저도 잠시, 발 구르는 소리는 점점 희미해졌고 이윽고 들리지 않게 되었다. 절박한 심정으로 동물들은 마차를 끄는 말들에게 멈추라고 애원하기 시작했다. "동지들, 동지들!" 동물들은 악다구니를 썼다. "그대들의 형제를 죽음으로 데려가지 마시오!" 하지만 무슨 일이 일어나고 있는지 깨닫기에는 너무나 무지하고 어리석은 짐승들은 그저 두 귀를 젖힌 채 발걸음을 재촉할 따름이었다. 복서의 얼굴은 두 번 다시 창문에 비치지 않았다. 뒤늦게 누군가 앞질러 달려가 다섯 가로대 대문을 닫을 생각을 했지만, 그때는 마차가 이미 대문을 통과하여 길 저편으로 순식간에 사라진 후였다. 복서는 두 번 다시 보이지 않았다.

그로부터 사흘 뒤, 말이 받을 수 있는 온갖 치료를 모두 받았음에도 불구하고 복서는 윌링던의 병원에서 사망했다는 소식을 스퀼러가 전했다. 그는 복서가 마지막 숨을 거두는 동안 함께 있었다고 말했다.

"지금까지 본 것 중 가장 가슴 아픈 장면이었소!" 스퀼러가 앞 다리를 들어 눈물을 닦으며 말했다. "나는 마지막까지 복서 동무 의 머리맡에 있었소. 복서 동무는 너무나 쇠약하여 말도 할 수 없 을 지경이었지만 내 귀에다 대고 이렇게 속삭였소. 풍차가 완성되 기 전에 죽어야 한다는 것이 슬플 뿐이라고. '전진, 동지들이여! 혁 명의 이름으로 전진! 동물 농장 만세! 나폴레옹 동무 만세! 나폴 레옹은 항상 옳다!' 이것이 복서 동무의 유언이오. 동지들."

이 대목에서 스퀼러의 태도가 갑자기 바뀌었다. 그는 잠시 입을 다물더니 다시 말을 잇기에 앞서 작은 눈으로 청중을 훑어보며 미 심쩍은 눈빛을 던졌다.

그는 복서를 데려갈 때 우매하고 악랄한 소문이 나돈 사실을 알 게 되었다고 말했다. 몇몇 동물들이 복서를 싣고 간 마차에 '폐마 도축'이라고 적혀 있는 것을 보고 정말로 복서를 도살장으로 보내 는 것이라고 지레짐작했다는 것이다. 농물이 어떻게 그렇게 어리석 을 수 있는지 스퀼러는 도저히 믿을 수 없다고 했다. 친애하는 우 리 영도자 나폴레옹 동무를 그 정도로밖에 보고 있지 않은 거냐 고, 그는 분개하여 이리저리 왔다 갔다 꼬리를 흔들며 소리를 질 렀다. 하지만 해명은 정말이지 너무나 간단했다. 그 마차는 전에는 도살장 소유였지만 최근에 수의사가 사들였고, 옛날 상호를 미처 지우지 않았을 뿐이다. 그래서 오해가 생긴 것이다.

이 말을 듣고 동물들은 한결 마음이 놓였다. 그리고 스퀼러가 계 속해서 복서의 임종과 그가 받았던 극진한 치료, 나폴레옹이 비용 을 불문하고 지불했던 값비싼 약에 대해 눈앞에 보이듯 생생하게 묘사하자 마지막 남은 의혹마저 거두었고, 복서가 적어도 행복하게 죽었다는 생각이 들자 슬픈 감정도 조금은 누그러지게 되었다.

다음 일요일 아침 회의에 나폴레옹이 나타나 복서를 기리는 짧은 애도사를 읊었다. 죽은 우리 동무의 유해를 도로 가져와 농장에 매장할 수는 없었지만 농장집 정원에 있는 월계수로 커다란 화환을 만들어 보내 복서의 무덤 위에 올려놓도록 지시했다고 말했다. 그리고 며칠 안에 복서를 기리는 추모 연회를 개최할 예정이라고 했다. 나폴레옹은 복서가 가장 좋아했던 좌우명 "나는 더 열심히 일할 것이다"와 "나폴레옹 동무는 항상 옳다"를 모든 동물들이 좌우명으로 삼아야 한다고 다시 한 번 강조하며 연설을 마쳤다.

연회가 예정된 날, 윌링던에서 온 식료품점 짐마차가 농장집에 커다란 나무 상자 하나를 내려놓고 갔다. 그날 밤 시끌벅적한 노랫소리에 뒤이어 맹렬히 싸우는 듯한 소리가 열한 시 가까이까지 이어지더니 와장창 유리잔 깨지는 소리로 끝이 났다. 다음 날 정오까지 농장집 안에서는 움직이는 돼지가 한 마리도 보이지 않았다. 그리고 돼지들이 위스키 한 상자를 살 돈을 벌었다고 말했다는 소문이 돌았다.

CHAPTER X

몇 년이 흘렀다. 계절은 왔다가 계절은 갔고 동물들의 짧은 일생은 쏜살같이 지나갔다. 클로버, 벤저민, 까마귀 모세 그리고 돼지 몇 마리를 빼면 이제 아무도 그 옛날 혁명이 일어나기 전의 일들을 알지 못하는 그런 시절이 되었다.

뮤리엘은 죽었다. 블루벨, 제시, 핀처도 죽었다. 그리고 존스도
다른 마을의 알코올중독자 수용소에서 죽었다고 한다.

스노우볼은 잊혔다. 복서도 잊혔다. 가까이 지내던 몇몇만이 그
들을 기억할 뿐. 클로버는 이제 늙고 살찐 암말이 되어 뼈마디는
삐걱거렸고 자꾸만 눈곱이 낀다. 그녀는 은퇴할 나이가 두 살이나
지났음에도 아직 은퇴하지 않았다. 사실 은퇴한 동물은 한 마리도
없다. 노쇠한 동물들을 위해 목초지 한구석을 떼어 놓는다는 말도
흐지부지된 지 오래다. 나폴레옹은 몸무게가 백오십 킬로그램이나
나가는 장년의 수퇘지가 되었고 스퀼러는 너무 살이 쪄서 눈도 못
뜰 지경이다. 오직 벤저민 영감만이 홀로 예전과 다름없다. 콧등
언저리에 흰 털이 조금 난 것, 복서가 죽은 후로 더 시무룩하고 말
수가 적어진 것을 빼면.

농장의 동물 수는 처음에 기대했던 것만큼 늘어나지는 않았지만
아무튼 훨씬 많아졌다. 새로 태어난 많은 동물들에게 혁명은 그저
입에서 입으로 전해지는 어렴풋한 전설일 뿐이고, 다른 곳에서 사
들인 동물들은 여기로 오기 전엔 혁명이란 말을 들어 본 적도 없
다고 했다. 이제 농장에는 클로버 말고도 말이 세 마리나 더 있다.
모두 흰칠하고 강인했으며 순종적인 일꾼이자 성실한 동지였다. 하
지만 매우 우둔해서 하나같이 알파벳 B 이상은 외우지 못했다. 그
들은 부모처럼 떠받드는 클로버가 해 준 혁명과 동물주의에 대한
이야기를 전부 믿었지만, 과연 얼마나 이해했는지는 의문이다.

농장은 더욱 번창했다. 한층 조직적으로 운영되며 필킹턴으로부
터 농지 두 필지를 사들여 규모도 더욱 커졌다. 그리고 마침내 풍
차가 훌륭하게 완성되었다. 농장은 탈곡기와 커다란 창고도 소유

하게 되었고 건물도 여러 채 새로 지었다. 웜퍼는 전용 이륜마차를 사들였다. 그러나 풍차는 끝내 전력 발전에는 사용되지 않았다. 오직 곡식을 빻는 데만 쓰이고 그것으로 상당한 돈을 벌어들이고 있다. 동물들은 또 다른 풍차를 건설하느라 열심이다. 풍차가 완성되면 발전기가 설치될 거라고 한다. 하지만 한때 스노우볼이 심어 주었던 전기로 불을 밝히고 냉온수가 나오는 외양간과 주3일 노동 같은 호화로운 꿈들에 대해서는 더 이상 말이 없다. 그런 생각은 동물주의 정신에 어긋난다고 나폴레옹은 맹렬히 비난했다. 진정한 행복은 근면한 노동과 검소한 생활에 깃들어 있다고 했다.

왠지 동물들 자신은 전혀 부유해지지 않고—물론 돼지와 개는 예외였다—농장만 점점 더 부유해지는 것 같았다. 돼지와 개가 너무 많은 탓도 어느 정도 있을 것이다. 물론 그들 나름대로 일하지 않는 것은 아니다. 스퀼러가 지칠 줄 모르고 설명해 준 바와 같이 농장을 감독하고 조직하는 일에는 끝이 없다. 그리고 무식한 다른 동물들은 이해할 수 없는 그런 일이 대부분이다. 예를 들자면 돼지들은 매일같이 '서류' '보고서' '회의록' '비망록'이라고 하는 신비한 일에 막대한 노동력을 쏟아 부어야 한다고 스퀼러는 말했다. 커다란 종이에 글씨를 빽빽이 채워 넣어야 하는 일인데, 그렇게 다 채워진 종이는 아궁이에 넣어져 불살라진다. 스퀼러의 말에 따르면 이는 농장의 복지를 위해 가장 중요한 일이다. 그러나 돼지와 개는 노동을 해서 식량을 생산하지 않는 반면 수는 많았으며 식욕은 항상 왕성했다.

다른 동물들에 대해 이야기를 하자면 그들의 삶은, 그들이 기억하는 한, 항상 예전과 같다. 대체로 배가 고프고 밀짚을 깔고 잠을 자며 연못물을 마시고 밭에서 일을 한다. 겨울에는 추위로 고생하고 여름에는 파리에 시달린다. 때로는 나이 든 동물들이 흐릿한 기억을 쥐어짜며 혁명 초기, 그러니까 존스를 막 추방했을 당시의 사정이 지금보다 좋았는지 나빴는지를 기억해 내려 안간힘을 썼다. 하지만 기억은 나지 않았다. 현재의 생활과 비교할 만한 기억은 전혀 나지 않았다. 모든 것이 점점 개선되고 있다는 사실을 한결같이 입증하는 스퀼러의 통계표 말고는 근거로 삼을 것이 없었다. 동물들은 그 의문은 풀 수 없다는 사실을 깨달았고 어쨌든 지금은 그런 일에 대해 생각할 겨를도 없다. 오직 벤저민 영감만이 길었던 자기 생애를 자세히 기억하며 지금보다 사정이 더 좋았거나 더 나빴던 적도 없거니와 앞으로 더 좋아지거나 더 나빠질 리도 없다고 털어놓았다. 굶주림, 고난, 좌절은 변하지 않는 삶의 법칙이다. 벤저민은 그렇게 말했다.

그럼에도 동물들은 희망의 끈을 놓지 않았다. 게다가 동물들은 자기가 동물 농장의 일원이라는 자부심과 특권의식을 한순간도 잊은 적이 없다. 여전히 동물 농장은 지역 전체에서—그리고 영국 전체에서!—동물이 소유하고 동물이 운영하는 유일한 농장이다. 모두가, 갓 태어난 동물조차, 이십 킬로미터 아니 삼십 킬로미터나 떨어진 농장에서 팔려 온 신참들조차, 그 사실에 경탄해 마지않았다. 그리고 총소리가 우렁차게 들려오고 깃대에서 펄럭이는 초록색 깃발을 보노라면 그들의 가슴은 불멸의 긍지로 부풀었고 화제는 언제나 그 옛날 영웅적인 시대, 존스의 축출, 일곱 계명의 기록, 인간 침략자를 굴복시켰던 위대한 전투로 되돌아갔다. 동물들은 오랜 염원을 무엇 하나 버리지 않고 간직하고 있다. 메이저 영감이 예언했던 동물 공화국. 영국의 푸른 들판에 오직 동물만이 발 딛고 서는 날을 여전히 믿는다. 언젠가 그날이 오리라. 당장은 아니리라. 지금 살아 있는 동물들이 죽기 전에 오지 않을지도 모르리라. 하지만 오고야 말리라. 여기저기서 〈영국의 동물들〉도 남몰래 흥얼거릴 것이다. 아무도 감히 큰 소리로 부르려 하지는 않았지만 동물농장 모든 동물들이 그 노래를 알고 있다는 것은 엄연한 사실이다. 동물들의 삶은 고달팠고 소망하던 모든 것을 이룰 수는 없었다. 하지만 자신들이 다른 동물들과 같지 않음을 자각하고 있었다. 배고팠다면 그것은 포악한 인간을 먹여 살려야 했기 때문이 아니다. 만약 힘들게 일했다면 적어도 자기 자신을 위해 일한 것이다. 동물들 중 누구도 두 발로 서서 다니지 않았다. 누구도 다른 동물을 "주인님"이라고 부르지 않았다. 동물들은 모두 평등했다.

초여름 어느 날, 스퀼러가 양들을 몰아 농장 반대편 어린 자작나무로 뒤덮여 버린 방치된 땅으로 데려갔다. 그곳에서 양들은 스퀼러의 감시 아래 나뭇잎을 뜯어 먹으며 하루를 보냈다. 밤이 되자 스퀼러는 혼자 농장집으로 돌아왔다. 하지만 양들에게는 날씨도 따뜻하니 계속 그곳에 머무르라고 명령했고 양들은 꼬박 일주일을 그곳에서 보냈다. 한동안 농장에서 양들의 모습을 볼 수 없었다. 스퀼러는 하루의 대부분을 양들과 함께 보내며 비밀리에 새로운 노래를 가르치고 있다.

양들이 농장으로 돌아온 직후였다. 동물들이 일을 마치고 기분좋게 농장 건물로 돌아오던 어느 저녁, 마당에서 겁에 질려 내지르는 말의 울음소리가 들려왔다. 흠칫 놀란 동물들은 가던 길을 멈추었다. 클로버 목소리였다. 그녀가 재차 비명을 지르자 동물들은 있는 힘껏 내달려 마당으로 몰려갔다. 그리고 클로버가 본 것을 그들도 보고야 말았다.

뒷다리로 서서 걷는 돼지.

그렇다. 스퀼러였다. 두 다리로 육중한 몸뚱이를 지탱하는 모양새가 아직은 익숙하지 않은 듯 볼품은 없었지만 완벽하게 균형을 잡고 마당을 거닐고 있었다. 그리고 잠시 후, 뒷다리로 서서 걷는 돼지들이 줄줄이 농장집 문밖으로 나왔다. 다른 돼지보다 잘 걷는 돼지도 있었고 개중 한두 마리는 다소 뒤뚱거리기도 해서 지팡이라도 짚어야 하는 게 아닌가 싶었지만 모두 용케도 마당을 돌아다녔다. 개 짖는 소리가 요란하게 들려오고 검정 수탉이 목이 찢어져라 울어 댔다. 그리고 드디어 나폴레옹이 등장했다. 위풍당당하게 직립한 나폴레옹이 거만한 눈빛으로 이리저리 훑어보는 동안 사냥개들은 정신없이 주위를 뛰어다녔다.

앞다리에 채찍을 들고 있었다.

쥐 죽은 듯 조용했다. 몹시 놀라 겁이 난 동물들은 서로 부둥켜안은 채 천천히 마당을 걷는 돼지들의 기다란 행렬을 지켜보았다. 마치 하늘이 무너지는 것 같았다. 서서 걷는 돼지를 처음 봤을 때 받은 충격이 어느 정도 가시자 동물들이 그 모든 것—개들에 대한 두려움과 오랜 세월에 걸쳐 몸에 밴, 무슨 일이 있어도 불평하지 않고 비판하지 않는 습관—에도 불구하고 항의의 말을 내뱉으려는 바로 그때, 누가 신호라도 한 것처럼 양들이 시끄럽게 울어 대기 시작했다.

"네 다리는 좋고 두 다리는 더 좋다! 네 다리는 좋고 두 다리는 더 좋다! 네 다리는 좋고 두 다리는 더 좋다!"

이 소란은 오 분이나 멈추지 않고 계속됐다. 그리고 양들이 잠잠해졌을 때, 그때는 이미 돼지들이 농장집으로 들어가 버린 후라 항의를 할 기회는 영영 사라지고 말았다.

벤저민은 누가 자기 어깨에 코를 비비는 것을 느꼈다. 고개를 돌리니 클로버였다. 노쇠한 클로버의 눈은 그전보다 더 침침해 보였다. 그녀는 아무 말 없이 벤저민의 갈기를 가만히 끌어당겨 일곱 계명이 있는 큰 헛간 끝으로 데려갔다. 둘은 잠시 동안 검게 타르를 칠한 벽에 적힌 하얀 글자를 바라보며 서 있었다.

"눈이 점점 어두워져요." 마침내 클로버가 입을 열었다. "하긴 젊었을 때도 저기에 뭐라고 쓰여 있는지 읽을 수 없었지만요. 그런데 내가 보기엔 저 벽이 많이 달라진 것 같아요. 벤저민, 일곱 계명은 예전과 똑같나요?"

이번 한 번만 벤저민은 자기 규칙을 어기기로 하고 벽에 쓰여 있는 것을 클로버에게 읽어 주었다. 거기에는 오직 하나의 계명만 있을 뿐이었다.

"동물은 모두 평등하다. 하지만 어떤 동물은 다른 동물보다 더 평등하다."

그날 이후, 농장 일을 감독하는 돼지들이 전부 앞다리에 채찍을 들고 있어도 이상해 보이지 않았다. 돼지들이 라디오를 구입하고 전화 가설 신청을 하고 「존불」「티드비츠」 그리고 「데일리 미러」를 구독 신청했다는 것을 알았지만 이상해 보이지 않았다. 나폴레옹이 담뱃대를 입에 물고 농장집 정원을 거니는 모습도―나폴레옹이 검은 외투를 걸치고 사냥바지에 가죽 각반을 찬 모습도, 다른 돼지들이 존스의 옷을 꺼내 입은 모습도, 나폴레옹이 총애하는 암돼

101

지가 일요일마다 존스 부인이 입던 물결무늬 비단 드레스를 입은 모습도—이상해 보이지 않았다.

일주일이 지난 어느 오후였다. 이륜마차 몇 대가 농장으로 들어왔다. 인근 지역 농장주들을 견학에 초대한 것이다.

농장을 두루 구경한 인간들은 보는 것마다, 특히 풍차를 크게 칭찬했다. 순무밭에서는 제초 작업이 한창이었다. 돼지와 인간 중 어느 쪽을 더 무서워해야 할지 알 수 없었던 동물들은 그저 땅바닥에 고개를 처박은 채 얼굴 한 번 들지 않고 부지런히 일했다.

그날 저녁, 농장집에서는 시끄러운 웃음소리와 한바탕 노랫소리가 들려왔다. 동물과 인간의 음성이 뒤섞인 소리를 듣고 동물들은 불현듯 호기심에 휩싸였다. 동물과 인간이 처음으로 동등한 입장에서 만나고 있는 저 안에서 과연 무슨 일이 벌어지고 있을까? 몹시도 궁금했던 동물들은 최대한 숨을 죽이고 농장집 정원으로 살금살금 다가가기 시작했다.

문간에 이르자 계속 가기가 약간 겁이 났는지 동물들은 잠시 머뭇거렸지만 클로버가 앞장을 섰다. 뒤꿈치를 들고 천천히 걸음을 옮겼다. 키가 큰 동물은 식당 창문으로 안을 넘겨다볼 수 있었다. 농장주 여섯 명과 고위급 돼지 여섯 마리가 기다란 식탁에 둘러앉았다. 나폴레옹은 식탁 머리 상석을 차지하고 있었고 의자에 앉은 다른 돼지들도 편안해 보였다. 한데 모여 카드놀이를 즐기다가 건배를 하기 위해 잠시 멈춘 것이 분명했다. 커다란 주전자가 돌자 빈 술잔은 다시 맥주로 채워졌다. 동물들이 놀란 얼굴로 창문을 들여다보고 있다는 사실은 아무도 눈치채지 못했다.

폭스우드의 필킹턴이 술잔을 손에 들고 일어섰다. 그는 참석자

일동에게 건배를 제의하기에 앞서 몇 마디 하고 싶은 말이 있다고
했다.

나는—다른 참석자들도 마찬가지겠지만—오랜 불신과 오해가
드디어 종식된 데 큰 만족을 느낀다. 이웃 농장 인간들이 존경하
는 동물 농장 소유주를 적개심까지는 아니더라도 아마 어느 정도
의혹을 가지고—물론 여기 참석한 사람들은 그런 생각에 동의하지
않았지만—바라보던 시절이 분명히 있었다. 인간들은 불미스러운
일을 저질렀고 그릇된 소문도 퍼뜨렸다. 돼지들이 소유하고 경영하
는 농장이 존재한다는 사실 자체가 비정상적이고 주변 농장에 좋
지 않은 영향을 끼칠 것이라 여겼을 것이다. 많은 농장주들이 제대
로 조사도 하지 않고 그따위 농장에는 방종과 무질서가 만연할 것
이라 억측했다. 자기 농장 동물들이 영향을 받을까 봐, 심지어 일
꾼들까지 영향을 받을까 봐 두려워하며 신경을 곤두세웠다. 하지
만 그러한 의혹은 이제 모두 해소되었다. 오늘 나와 내 동료들이
동물 농장을 방문하여 두 눈으로 직접 구석구석을 살펴본 후 발견
한 것이 무엇이냐 하면, 최신 영농법뿐 아니라 모든 농장주들이 본
보기로 삼아야 할 규율과 질서 정연함이다. 동물 농장의 하등 동
물들은 다른 지역 어느 농장 동물들보다 일은 더 많이 하고 먹이
는 더 적게 먹는다는 사실을 알게 되었다. 실제로 나아 방문사 여
러분들은 오늘 관찰한 특징을 자기 농장에 즉시 도입할 생각이다.

필킹턴은 동물 농장과 그 이웃들 사이에 계속되었고 또 계속되
어야 할 우호 관계를 다시 한 번 강조하는 것으로 발언을 마치겠다
고 했다. 돼지와 인간은 지금까지 이해관계가 충돌한 적이 없었고
앞으로도 충돌할 필요가 없다. 우리가 해야 할 투쟁과 우리가 맞

닥뜨릴 어려움은 똑같은 것이다. 노동 문제는 어디나 마찬가지 아니던가? 이 대목에서 필킹턴은 신경 써서 준비한 농담을 불쑥 던지려고 했는데, 자기가 생각하기에도 너무 우스웠는지 잠시 웃음을 참지 못했다. 겹친 턱이 파랗게 질릴 때까지 한참을 숨이 넘어가게 웃은 후 그는 겨우겨우 이렇게 내뱉었다. "당신에게 맞서 싸워야 할 하등 동물이 있다면 우리에게는 맞서 싸워야 할 하층 계급이 있소!" 이 농담에 식탁은 웃음바다가 되었고 필킹턴은 동물 농장에서 목격한 적은 먹이 배급량과 긴 노동 시간 그리고 전반적으로 순종적인 분위기에 대해 다시 한 번 돼지들을 칭찬했다.

그리고 이제 마지막으로 잔이 가득 찼는지 확인하고 모두 일어설 것을 청했다. "여러분." 필킹턴은 말을 끝맺었다. "건배합시다. 동물 농장의 번영을, 위하여!"

열렬한 환호와 발 구르는 소리가 났다. 매우 흡족한 나폴레옹은 자리에서 일어나 식탁을 돌아 필킹턴의 자리까지 와서 술잔을 부딪친 후 잔을 비웠다. 환호가 잦아들자 나폴레옹은 신 채료 자기도 몇 마디 할 말이 있음을 시사했다 .

나폴레옹의 연설은 항상 그렇듯 이번에도 짧고 명료했다. 그 역시 오해의 시대가 끝났음을 기쁘게 생각한다며 이렇게 말했다. 오랫동안 나와 우리 동료들의 사상에 불온하고 더 나아가 혁명적인 무언가가 있다는—악의에 찬 적이 퍼뜨렸다고 짐작할 만한—소문이 나돌았다. 그들은 우리가 이웃 농장 동물들을 선동해 혁명을 일으키려 한다고 확신했다. 하지만 이렇게 사실과 동떨어진 오해도 없을 것이다! 우리의 유일한 소망은 과거에 그랬던 것처럼 지금도 그리고 앞으로도 이웃과 정상적인 거래 관계 속에서 평화롭게 사는 것이다. 그리고 과분하게도 자신이 관리하게 된 이 농장은 협동 기업이며, 권리증서는 내 명의로 되어 있지만 돼지들의 공동 재산이라고 그는 덧붙였다.

　나폴레옹은 지난날의 의혹이 아직도 남아 있으리라 생각하지는 않지만, 최근 농장의 일상에 어떤 변화가 생겼고 이는 상호 간의 신뢰를 더 한층 증진하는 효과가 있을 것이라고 했다. 현재 농장 동물들은 서로를 '동무'라고 부르는 다소 어리석은 습관이 있다. 하지만 금지시킬 것이다. 또한 매주 일요일 아침마다 정원 말뚝에 못 박힌 수퇘지 해골 앞을 행진하는, 기원을 알 수 없는 아주 이상한 습관도 있다. 이 역시 금지시킬 것이며 해골은 이미 땅에 묻어 버렸다. 오늘 여러분들은 게양대에 휘날리는 초록색 깃발을 보았을 것이다. 만약 그렇다면 예전에 있던 하얀 발굽과 뿔 그림이 지금은 없는 것도 아마 눈치챘을 것이다. 깃발은 앞으로도 계속 그림 없는 초록색일 것이다.

　나폴레옹은 필킹턴의 탁월하고 우호적인 연설을 더욱 완벽하게 하기 위해 지적할 것이 딱 하나 있다고 했다. 필킹턴 씨는 말하는 내내 '동물 농장'이라고 했다. 물론 '동물 농장'이라는 명칭이 폐기되었음을—지금 처음으로 발표할 참이므로—당연히 몰랐을 것이다. 오늘 이후로 이 농장은—본래의 올바른 이름이라 믿어 외심치 않는—'매너 농장'임을 명심해야 한다.

　"신사 여러분," 나폴레옹은 끝을 맺었다. "나는 방금 전과 마찬가지로 여러분에게 건배를 청하겠지만, 건배사는 조금 다를 것이오. 술잔을 목까지 채우고, 신사 여러분 건배합시다. 매너 농장의 번영을, 위하여!"

다시 한 번 전과 같은 뜨거운 환호가 터져 나왔고 술잔은 한 방울도 남김없이 비워졌다. 하지만 동물들이 창밖에서 이 광경을 바라보는 동안 이상한 일이 일어나는 것 같았다. 돼지들 얼굴이 달라졌는데, 어떻게 된 일일까? 클로버의 침침한 눈이 이 얼굴에서 저 얼굴로 스쳐 갔다. 어떤 얼굴은 턱이 다섯이었고 어떤 얼굴은 넷이었고 또 어떤 얼굴은 셋이었다. 하지만 녹아서 변해 가는 것 같은 그 얼굴은 대체 무엇이란 말인가? 박수가 멈추자 그들은 카드를 집어 들고 중단했던 게임을 계속했다. 동물들은 살그머니 그 자리를 떠났다.

하지만 이십 미터도 못 가 발을 멈추었다. 소란스러운 목소리가 농장집에서 들려오고 있었다. 동물들은 다시 창가로 달려가 안을 들여다보았다. 날카로운 의심의 눈초리로 고성을 내지르는 소리, 아니라고 불같이 화를 내며 식탁을 탕탕 내리치는 소리였다. 아니나 다를까 격렬한 말싸움이 벌어지고 있었다. 나폴레옹과 필킹턴이 스페이드 에이스를 동시에 내놓은 것이 사태의 원인인 듯했다.

분노에 찬 열두 개의 목소리가 터져 나오고 목소리는 모두 비슷했다. 돼지들의 얼굴에 무슨 일이 일어났는지 이제는 의문의 여지가 없다. 밖에 있는 동물들은 돼지에게서 인간으로, 다시 인간에게서 돼지로 시선을 옮겨 봤지만 누가 돼지고 누가 인간인지 분간할 수 없었다.

1943년 11월 ~ 1944년 2월

부록1

러시아 혁명

영국에서 일어난 산업혁명의 여파로 러시아에서는 산업화가 급격히 진행되었습니다. 곳곳에 공장이 들어섰고 도시 노동자의 수는 크게 늘어났지요. 하지만 자본가는 점점 더 부유해지고 노동자는 점점 가난해지는 초기 자본주의의 부작용 역시 나타나기 시작했습니다. 열악한 노동환경과 늘어나는 실업자, 날로 치솟는 물가에 민중의 삶은 갈수록 피폐해져 갔고 노동자들은 자신의 권리를 보호하기 위해 단체를 조직하여 노동운동을 벌였지만 정부는 이를 철저하게 탄압하였습니다. 그러던 중 러일전쟁이 발발하자 국가의 여량이 전쟁에 십중되었고 가뜩이나 힘겨운 민중의 삶은 더욱 비참해졌습니다. 어느 겨울의 일요일. 참다못한 상트페테르부르크의 노동자들이 빵과 노동 조건 개선을 요구하며 겨울궁전으로 몰려들었습니다. 하지만 진압군이 시위대를 향해 무차별적으로 발포하였고 많은 사상자가 생기고 말았습니다. 이 '피의 일요일' 사건

빵을 요구하는 시위대

을 계기로 전국 각지에서 더욱 거센 시위와 대규모 파업이 발생하였으며 일부 지식인과 혁명가들은 정부에 대한 불신을 조직적으로 표출하게 되었습니다. 이에 놀란 황제가 성난 군중을 달래기 위해 선거권과 의회 설치 등 개혁안을 발표하자 이해관계가 얽힌 혁명 세력은 분열하였고 구심점을 잃은 시민들은 해산하고 말았습니다. 하지만 개혁은 말뿐이었고 변한 것은 없었습니다. 이윽고 제1차 세계 대전이 일어났고 한껏 고조된 민중의 불만을 전쟁으로 돌리기 위해 러시아 황제 니콜라이 2세는 참전을 선언하게 됩니다. 대규모 동원령이 내려져 남자들은 전쟁터로 끌려 나갔으며 가축이 모두 징발되어 농사를 제대로 지을 수도 없었지요. 공장에서는 생필품 대신 군수품을 생산했고 식량이 부족해지자 수도에서는 배급제가 실시되었습니다. 영하 20도의 어느 날이었습니다. 배급을 받으려 늘어선 시민들은 나눠줄 식량이 떨어졌다는 말에 분노하여 빵과

민중에게 연설하는 레닌

평화, 그리고 황제 폐위를 요구하며 시위를 하기 시작했습니다. 니콜라이 2세는 진압을 명령했지만 군대는 이를 따르지 않았고 무능한 정부에 반기를 든 군인들이 시위대에 가담하여 정치범을 석방하고 관청을 점거하여 러시아의 수도는 노동자와 농민, 반란군으로 구성된 소비에트의 손에 들어갔습니다. 이 사태에 대처하기 위해 의회는 임시정부를 구성하였고 니콜라이 2세는 황제의 자리를 동생 미카엘 대공에게 물려주고 퇴위하였으나 미카엘 대공이 이를 거절하여 300년 역사의 로마노프 왕조는 막을 내리게 되었습니다(2월혁명). 권력을 잡은 임시정부는 여러 가지 개혁을 약속했으나 자본가와 결탁하여 개혁은 지지부진했고 특히 전쟁을 그만두려 하지 않았기 때문에 생활의 안정을 바라던 민중들의 불만은 좀처럼 수그러들지 않았습니다. 정부의 탄압을 피해 스위스에 망명 중이던 혁명가 레닌은 이 소식을 듣고 독일에서 제공한 봉인열차로 동

청년 혁명가 시절의 스탈린

지들과 함께 귀국하여 임시정부를 강하게 비판하며 민중을 선동했고 '빵, 평화, 토지'라는 레닌의 구호에 찬성한 시민들은 그를 따르기 시작했습니다. 이에 위험을 느낀 임시정부는 전장에 나가 있던 병력을 소환하여 반정부 세력을 진압하였고 레닌은 다시 핀란드로 망명했으나 무장봉기를 강하게 주장, 결국 소비에트 의장 트로츠키가 병력을 이끌고 수도를 점령하여 임시정부를 무너뜨리고 군사혁명을 성공시켜 사상 최초의 사회주의 국가가 탄생했습니다(10월혁명). 그 후 러시아에서는 노동자 문제와 여성의 참정권 등 그동안 소외되었던 약자의 권리 수호에 대한 여러 가지 시도가 이루어졌습니다. 레닌의 추대로 당의 서기장이 된 스탈린은 레닌이 뇌졸중으로 쓰러지자 트로츠키와 후계 구도를 놓고 서로 대립하였는데 레닌의 사후 트로츠키 세력을 축출하여 실권을 장악하여 러시아의 일인자가 되었습니다. 그리고 농민에게 나누어주었던 토지를 다시 빼앗고 농업을 집단화했으며 KGB의 전신인 내무인민위원회를 이용해 반대 세력을 무자비하게 숙청, 독재의 기틀을 잡게 되었지요. 그 후 미국, 영국 등 서방 국가와 유화적인 태도를 보이며 국가로써 인정을 받았고 나치 독일과 불가침 조약을 맺는 등 독재 권력을 안정적으로 유지하기 위한 정책을 펼쳤습니다.

1945년 영국 세커 & 워버그 출판사에서 출간된 조지 오웰의『동물농장Animal Farm』은 러시아 혁명과 스탈린 시대의 암울한 사회상을 묘사한 디스토피아 소설입니다. 세상 어디에도 존재하지 않는 이상적인 사회 유토피아의 반대 개념인 디스토피아는 현실 속에 존재하는 부정적인 현상을 극단적으로 강조한 암울한 세계로, 우리가 무심코 지나치는 위험한 경향에 경종을 울리기 위해 사용되곤 합니다.

1903년 6월 25일 영국의 식민지 인도에서 태어난 오웰은 이튼 칼리지를 졸업한 후 경찰이 되어 미얀마에 부임을 했지만 곧 그만두고 문필활동에 뛰어들었습니다. 1936년 스페인내전이 발발하자 사회주의자였던 오웰은 파시즘에 대항하기 위해 스페인 통일노동자당 민병대에 자원하여 싸우다 목에 총상을 입고 후방으로 이송되었습니다. 그 후 혁명보다 권력 다툼에 눈이 먼 통일노동자당이 소련의 지원을 받은 스페인 공산당과 내무인민위원회NKVD에게 탄압을 받자 스페인을 탈출하여 프랑스로 건너가 정치색 짙은 작품을 집필하기 시작했습니다.

동물농장의 원고는 1944년 2월에 완성되었지만 한동안 출판까지 이어지지는 않았습니다. 제2차 세계대전에 연합군으로 참전한 동맹국 러시아와 스탈린을 비판하는 내용이기 때문에 출간을 꺼려했기 때문입니다. 1945년 3월에 초판이 겨우 인쇄되긴 했는데 그나마도 8월이 되어서야 공개가 되었습니다.

조지 오웰은 전체주의의 사상 통제와 권력의 부패를 풍자한『동물농장』과『1984』가 큰 성공을 거두어 명성을 얻었지만 지병인 폐결핵이 악화되어 1950년 1월 21일 숨을 거두고 말았습니다. 향년 46세, 아까운 나이입니다. 조지 오웰George Orwell은 필명이며 본명은 에릭 아서 블레어Eric Arthur Blair입니다.

등장인물

스탈린 | 나폴레옹

레닌 | 메이저

트로츠키 | 스노우볼

내무인민위원회 | 사냥개

공산당 기관지 「프라브다」 혹은 괴벨스 | 스퀼러

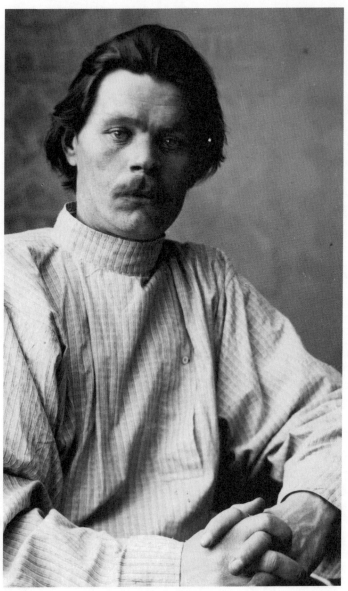

고리키 | 미니무스

라스푸틴 혹은 러시아 정교회 | 모세

히틀러 | 프레데릭

처칠 | 필킹턴

니콜라이 2세 I 존스

노동자 | 복서

마르크스 | 메이저 혹은 그가 꾼 꿈

ANIMAL FARM

A Fairy Story

BY

GEORGE ORWELL

LONDON
SECKER & WARBURG
1945

Martin Secker & Warburg Ltd.

7 John Street, Bloomsbury, London, W.C.1

First Published May 1945

CHAPTER I

Mr. Jones, of the Manor Farm, had locked the hen-houses for the night, but was too drunk to remember to shut the pop-holes. With the ring of light from his lantern dancing from side to side, he lurched across the yard, kicked off his boots at the back door, drew himself a last glass of beer from the barrel in the scullery, and made his way up to bed, where Mrs. Jones was already snoring.

As soon as the light in the bedroom went out there was a stirring and a fluttering all through the farm buildings. Word had gone round during the day that old Major, the prize Middle White boar, had had a strange dream on the previous night and wished to communicate it to the other animals. It had been agreed that they should all meet in the big barn as soon as Mr. Jones was safely out of the way. Old Major (so he was always called, though the name under which he had been exhibited was Willingdon Beauty) was so highly regarded on the farm that everyone was quite ready to lose an hour's sleep in order to hear what he had to say.

At one end of the big barn, on a sort of raised platform, Major was already ensconced on his bed of straw, under a lantern which hung from a beam. He was twelve years old and had lately grown rather stout, but he was still a majestic-looking pig, with a wise and benevolent appearance in spite of the fact that his tushes had never been cut. Before long the other animals began to arrive and make themselves comfortable after their different fashions. First came the three dogs, Bluebell, Jessie, and Pincher, and then the pigs, who settled down in the straw immediately in front of the platform. The hens perched themselves on the window-sills, the pigeons fluttered up to the rafters, the sheep and cows lay down behind the pigs and began to chew the cud. The two cart-horses, Boxer and Clover, came in together, walking very slowly and setting down their vast hairy hoofs with great care lest there should be some small animal concealed in the straw. Clover was a stout motherly mare approaching middle life, who had never quite got her figure back after her fourth foal. Boxer was an enormous beast, nearly eighteen hands high, and as strong as any two ordinary horses put together. A white stripe down his nose gave him a somewhat stupid appearance, and in fact he was not of first-rate intelligence, but he was universally respected for his steadiness of character and tremendous powers of work. After the horses came Muriel, the white goat, and Benjamin, the donkey. Benjamin was the oldest animal on the farm, and the worst tempered. He seldom talked, and when he did, it was usually to make some cynical remark — for instance, he would say that God had given him a tail to keep the flies off, but that he would sooner have had no tail and no flies. Alone among the animals on the farm he never laughed. If asked why, he would say that he saw nothing to laugh at. Nevertheless, without openly admitting it, he was devoted to Boxer; the two of them usually spent their Sundays together in the small paddock beyond the orchard, grazing side by side and never speaking.

The two horses had just lain down when a brood of ducklings, which had lost their mother, filed into the barn, cheeping feebly and wandering from side to side to find some place where they would not be trodden on. Clover made a sort of wall round them with her great foreleg, and the ducklings nestled down inside it and promptly fell asleep. At the last moment Mollie, the foolish, pretty white mare who drew Mr. Jones's trap, came mincing daintily in, chewing at a lump of sugar. She took a place near the front and began flirting her white mane, hoping to draw attention to the red ribbons it was plaited with. Last of all came the cat, who looked round, as usual, for the warmest place, and finally squeezed herself in between Boxer and Clover; there she purred contentedly throughout Major's speech without listening to a word of what he was saying.

All the animals were now present except Moses, the tame raven, who slept on a perch behind the back door. When Major saw that they had all made themselves comfortable and were waiting attentively, he cleared his throat and began:

"Comrades, you have heard already about the strange dream that I had last night. But I will come to the dream later. I have something else to say first. I do not think, comrades, that I shall be with you for many months longer, and before I die, I feel it my duty to pass on to you such wisdom as I have acquired. I have had a long life, I have had much time for thought as I lay alone in my stall, and I think I may say that I understand the nature of life on this earth as well as any animal now living. It is about this that I wish to speak to you.

"Now, comrades, what is the nature of this life of ours? Let us face it: our lives are miserable, laborious, and short. We are born, we are given just so much food as will keep the breath in our bodies, and those of us who are capable of it are forced to work to the last atom of our strength; and the very instant that our usefulness has come to an end we are slaughtered with hideous cruelty. No animal in England knows the meaning of happiness or leisure after he is a year old. No animal in England is free. The life of an animal is misery and slavery: that is the plain truth.

"But is this simply part of the order of nature? Is it because this land of ours is so poor that it cannot afford a decent life to those who dwell upon it? No, comrades, a thousand times no! The soil of England is fertile, its climate is good, it is capable of affording food in abundance to an enormously greater number of animals than now inhabit it. This single farm of ours would support a dozen horses, twenty cows, hundreds of sheep — and all of them living in a comfort and a dignity that are now almost beyond our imagining. Why then do we continue in this miserable condition? Because nearly the whole of the produce of our labour is stolen from us by human beings. There, comrades, is the answer to all our problems. It is summed up in a single word — Man. Man is the only real enemy we have. Remove Man from the scene, and the root cause of hunger and overwork is abolished for ever.

"Man is the only creature that consumes without producing. He does not give milk, he does not lay eggs, he is too weak to pull the plough, he cannot run fast enough to catch rabbits. Yet he is lord of all the animals. He sets them to work, he gives back to them the bare minimum that will prevent them from starving, and the rest he keeps for himself. Our labour tills the soil, our dung fertilises it, and yet there is not one of us that owns more than his bare skin. You cows that I see before me, how many thousands of gallons of milk have you given during this last year? And what has happened to that milk which should have been breeding up sturdy calves? Every drop of it has gone down the throats of our enemies. And you hens, how many eggs have you laid in this last year, and how many of those eggs ever hatched into chickens? The rest have all gone to market to bring in money for Jones and his men. And you, Clover, where are those four foals you bore, who should have been the support and pleasure of your old age? Each was sold at a year old — you will never see one of them again. In return for your four confinements and all your labour in the fields, what have you ever had except your bare rations and a stall?

"And even the miserable lives we lead are not allowed to reach their natural span. For myself I do not grumble, for I am one of the lucky ones. I am twelve years old and have had over four hundred children. Such is the natural life of a pig. But no animal escapes the cruel knife in the end.

You young porkers who are sitting in front of me, every one of you will scream your lives out at the block within a year. To that horror we all must come — cows, pigs, hens, sheep, everyone. Even the horses and the dogs have no better fate. You, Boxer, the very day that those great muscles of yours lose their power, Jones will sell you to the knacker, who will cut your throat and boil you down for the foxhounds. As for the dogs, when they grow old and toothless, Jones ties a brick round their necks and drowns them in the nearest pond.

"Is it not crystal clear, then, comrades, that all the evils of this life of ours spring from the tyranny of human beings? Only get rid of Man, and the produce of our labour would be our own. Almost overnight we could become rich and free. What then must we do? Why, work night and day, body and soul, for the overthrow of the human race! That is my message to you, comrades: Rebellion! I do not know when that Rebellion will come, it might be in a week or in a hundred years, but I know, as surely as I see this straw beneath my feet, that sooner or later justice will be done. Fix your eyes on that, comrades, throughout the short remainder of your lives! And above all, pass on this message of mine to those who come after you, so that future generations shall carry on the struggle until it is victorious.

"And remember, comrades, your resolution must never falter. No argument must lead you astray. Never listen when they tell you that Man and the animals have a common interest, that the prosperity of the one is the prosperity of the others. It is all lies. Man serves the interests of no creature except himself. And among us animals let there be perfect unity, perfect comradeship in the struggle. All men are enemies. All animals are comrades."

At this moment there was a tremendous uproar. While Major was speaking four large rats had crept out of their holes and were sitting on their hindquarters, listening to him. The dogs had suddenly caught sight of them, and it was only by a swift dash for their holes that the rats saved their lives. Major raised his trotter for silence.

"Comrades," he said, "here is a point that must be settled. The wild creatures, such as rats and rabbits — are they our friends or our enemies? Let us put it to the vote. I propose this question to the meeting: Are rats comrades?"

The vote was taken at once, and it was agreed by an overwhelming majority that rats were comrades. There were only four dissentients, the three dogs and the cat, who was afterwards discovered to have voted on both sides. Major continued:

"I have little more to say. I merely repeat, remember always your duty of enmity towards Man and all his ways. Whatever goes upon two legs is an enemy. Whatever goes upon four legs, or has wings, is a friend. And remember also that in fighting against Man, we must not come to resemble him. Even when you have conquered him, do not adopt his vices. No animal must ever live in a house, or sleep in a bed, or wear clothes, or drink alcohol, or smoke tobacco, or touch money, or engage in trade. All the habits of Man are evil. And, above all, no animal must ever tyrannise over his own kind. Weak or strong, clever or simple, we are all brothers. No animal must ever kill any other animal. All animals are equal.

"And now, comrades, I will tell you about my dream of last night. I cannot describe that dream to you. It was a dream of the earth as it will be when Man has vanished. But it reminded me of something that I had long forgotten. Many years ago, when I was a little pig, my mother and the other sows used to sing an old song of which they knew only the tune and the first three words. I had known that tune in my infancy, but it had long since passed out of my mind. Last night, however, it came back to me in my dream. And what is more, the words of the song also came back-words, I am certain, which were sung by the animals of long ago and have been lost to memory for generations. I will sing you that song now, comrades. I am old and my voice is hoarse, but when I have taught you the tune, you can sing it better for yourselves. It is called 'Beasts of England'."

Old Major cleared his throat and began to sing. As he had said, his voice was hoarse, but he sang well enough, and it was a stirring tune, something between 'Clementine' and 'La Cucaracha'. The words ran:

> *Beasts of England, beasts of Ireland,*
> *Beasts of every land and clime,*
> *Hearken to my joyful tidings*
> *Of the golden future time.*

> *Soon or late the day is coming,*
> *Tyrant Man shall be o'erthrown,*
> *And the fruitful fields of England*
> *Shall be trod by beasts alone.*

> *Rings shall vanish from our noses,*
> *And the harness from our back,*
> *Bit and spur shall rust forever,*
> *Cruel whips no more shall crack.*

> *Riches more than mind can picture,*
> *Wheat and barley, oats and hay,*
> *Clover, beans, and mangel-wurzels*
> *Shall be ours upon that day.*

Bright will shine the fields of England,
Purer shall its waters be,
Sweeter yet shall blow its breezes
On the day that sets us free.

For that day we all must labour,
Though we die before it break;
Cows and horses, geese and turkeys,
All must toil for freedom's sake.

Beasts of England, beasts of Ireland,
Beasts of every land and clime,
Hearken well and spread my tidings
Of the golden future time.

The singing of this song threw the animals into the wildest excitement. Almost before Major had reached the end, they had begun singing it for themselves. Even the stupidest of them had already picked up the tune and a few of the words, and as for the clever ones, such as the pigs and dogs, they had the entire song by heart within a few minutes. And then, after a few preliminary tries, the whole farm burst out into 'Beasts of England' in tremendous unison. The cows lowed it, the dogs whined it, the sheep bleated it, the horses whinnied it, the ducks quacked it. They were so delighted with the song that they sang it right through five times in succession, and might have continued singing it all night if they had not been interrupted.

Unfortunately, the uproar awoke Mr. Jones, who sprang out of bed, making sure that there was a fox in the yard. He seized the gun which always stood in a corner of his bedroom, and let fly a charge of number 6 shot into the darkness. The pellets buried themselves in the wall of the barn and the meeting broke up hurriedly. Everyone fled to his own sleeping-place. The birds jumped on to their perches, the animals settled down in the straw, and the whole farm was asleep in a moment.

CHAPTER II

Three nights later old Major died peacefully in his sleep. His body was buried at the foot of the orchard.

This was early in March. During the next three months there was much secret activity. Major's speech had given to the more intelligent animals on the farm a completely new outlook on life. They did not know when the Rebellion predicted by Major would take place, they had no reason for thinking that it would be within their own lifetime, but they saw clearly that it was their duty to prepare for it. The work of teaching and organising the others fell naturally upon the pigs, who were generally recognised as being the cleverest of the animals. Pre-eminent among the pigs were two young boars named Snowball and Napoleon, whom Mr. Jones was breeding up for sale. Napoleon was a large, rather fierce-looking Berkshire boar, the only Berkshire on the farm, not much of a talker, but with a reputation for getting his own way. Snowball was a more vivacious pig than Napoleon, quicker in speech and more inventive, but was not considered to have the same depth of character. All the other male pigs on the farm were porkers. The best known among them was a small fat pig named Squealer, with very round cheeks, twinkling eyes, nimble movements, and a shrill voice. He was a brilliant talker, and when he was arguing some difficult point he had a way of skipping from side to side and whisking his tail which was somehow very persuasive. The others said of Squealer that he could turn black into white.

These three had elaborated old Major's teachings into a complete system of thought, to which they gave the name of Animalism. Several nights a week, after Mr. Jones was asleep, they held secret meetings in the barn and expounded the principles of Animalism to the others. At the beginning they met with much stupidity and apathy. Some of the animals talked of the duty of loyalty to Mr. Jones, whom they referred to as "Master," or made elementary remarks such as "Mr. Jones feeds us. If he were gone, we should starve to death." Others asked such questions as "Why should we care what happens after we are dead?" or "If this Rebellion is to happen anyway, what difference does it make whether we work for it or not?", and the pigs had great difficulty in making them see that this was contrary to the spirit of Animalism. The stupidest questions of all were asked by Mollie, the white mare. The very first question she asked Snowball was: "Will there still be sugar after the Rebellion?"

"No," said Snowball firmly. "We have no means of making sugar on this farm. Besides, you do not need sugar. You will have all the oats and hay you want."

"And shall I still be allowed to wear ribbons in my mane?" asked Mollie.

"Comrade," said Snowball, "those ribbons that you are so devoted to are the badge of slavery. Can you not understand that liberty is worth more than ribbons?"

Mollie agreed, but she did not sound very convinced.

The pigs had an even harder struggle to counteract the lies put about by Moses, the tame raven. Moses, who was Mr. Jones's especial pet, was a spy and a tale-bearer, but he was also a clever talker. He claimed to know of the existence of a mysterious country called Sugarcandy Mountain, to which all animals went when they died. It was situated somewhere up in the sky, a little distance beyond the clouds, Moses said. In Sugarcandy Mountain it was Sunday seven days a week, clover was in season all the year round, and lump sugar and linseed cake grew on the hedges. The animals hated Moses because he told tales and did no work, but some of them believed in Sugarcandy Mountain, and the pigs had to argue very hard to persuade them that there was no such place.

Their most faithful disciples were the two cart-horses, Boxer and Clover. These two had great difficulty in thinking anything out for themselves, but having once accepted the pigs as their teachers, they absorbed everything that they were told, and passed it on to the other animals by simple arguments. They were unfailing in their attendance at the secret meetings in the barn, and led the singing of 'Beasts of England', with which the meetings always ended.

Now, as it turned out, the Rebellion was achieved much earlier and more easily than anyone had expected. In past years Mr. Jones, although a hard master, had been a capable farmer, but of late he had fallen on evil days. He had become much disheartened after losing money in a lawsuit, and had taken to drinking more than was good for him. For whole days at a time he would lounge in his Windsor chair in the kitchen, reading the newspapers, drinking, and occasionally feeding Moses on crusts of bread soaked in beer. His men were idle and dishonest, the fields were full of weeds, the buildings wanted roofing, the hedges were neglected, and the animals were underfed.

June came and the hay was almost ready for cutting. On Midsummer's Eve, which was a Saturday, Mr. Jones went into Willingdon and got so drunk at the Red Lion that he did not come back till midday on Sunday. The men had milked the cows in the early morning and then had gone out rabbiting, without bothering to feed the animals. When Mr. Jones got back he immediately went to sleep on the drawing-room sofa with the News of the World over his face, so that when evening came, the animals were still unfed. At last they could stand it no longer. One of the cows broke in the door of the store-shed with her horn and all the animals began to help themselves from the bins. It was just then that Mr. Jones woke up. The next moment he and his four men were in the store-shed with whips in their hands, lashing out in all directions. This was more than the hungry animals could bear. With one accord, though nothing of the kind had been planned beforehand, they flung themselves upon their tormentors. Jones and his men suddenly found themselves being butted and kicked from all sides. The situation was quite out of their control. They had never seen animals behave like this before, and this sudden uprising of creatures whom they were used to thrashing and maltreating just as they chose, frightened them almost out of their wits. After only a moment or two they gave up trying to defend themselves and took to their heels. A minute later all five of them were in full flight down the cart-track that led to the main road, with the animals pursuing them in triumph.

Mrs. Jones looked out of the bedroom window, saw what was happening, hurriedly flung a few possessions into a carpet bag, and slipped out of the farm by another way. Moses sprang off his perch and flapped after her, croaking loudly. Meanwhile the animals had chased Jones and his men out on to the road and slammed the five-barred gate behind them. And so, almost before they knew what was happening, the Rebellion had been successfully carried through: Jones was expelled, and the Manor Farm was theirs.

For the first few minutes the animals could hardly believe in their good fortune. Their first act was to gallop in a body right round the boundaries of the farm, as though to make quite sure that no human being was hiding anywhere upon it; then they raced back to the farm buildings to wipe out the last traces of Jones's hated reign. The harness-room at the end of the stables was broken open; the bits, the nose-rings, the dog-chains, the cruel knives with which Mr. Jones had been used to castrate the pigs and lambs, were all flung down the well. The reins, the halters, the blinkers, the degrading nosebags, were thrown on to the rubbish fire which was burning in the yard. So were the whips. All the animals capered with joy when they saw the whips going up in flames. Snowball also threw on to the fire the ribbons with which the horses' manes and tails had usually been decorated on market days.

"Ribbons," he said, "should be considered as clothes, which are the mark of a human being. All animals should go naked."

When Boxer heard this he fetched the small straw hat which he wore in summer to keep the flies out of his ears, and flung it on to the fire with the rest.

In a very little while the animals had destroyed everything that reminded them of Mr. Jones. Napoleon then led them back to the store-shed and served out a double ration of corn to everybody, with two biscuits for each dog. Then they sang 'Beasts of England' from end to end seven times running, and after that they settled down for the night and slept as they had never slept before.

But they woke at dawn as usual, and suddenly remembering the glorious thing that had happened, they all raced out into the pasture together. A little way down the pasture there was a knoll that commanded a view of most of the farm. The animals rushed to the top of it and gazed round them in the clear morning light. Yes, it was theirs — everything that they could see was theirs! In the ecstasy of that thought they gambolled round and round, they hurled themselves into the air in great leaps of excitement. They rolled in the dew, they cropped mouthfuls of the sweet summer grass, they kicked up clods of the black earth and snuffed its rich scent. Then they made a tour of inspection of the whole farm and surveyed with speechless admiration the ploughland, the hayfield, the orchard, the pool, the spinney. It was as though they had never seen these things before, and even now they could hardly believe that it was all their own.

Then they filed back to the farm buildings and halted in silence outside the door of the farmhouse. That was theirs too, but they were frightened to go inside. After a moment, however, Snowball and Napoleon butted the door open with their shoulders and the animals entered in single file, walking with the utmost care for fear of disturbing anything. They tiptoed from room to room, afraid to speak above a whisper and gazing with a kind of awe at the unbelievable luxury, at the beds with their feather mattresses, the looking-glasses, the horsehair sofa, the Brussels carpet, the lithograph of Queen Victoria over the drawing-room mantelpiece. They were lust coming down the stairs when Mollie was discovered to be missing. Going back, the others found that she had remained behind in the best bedroom. She had taken a piece of blue ribbon from Mrs. Jones's dressing-table, and was holding it against her shoulder and admiring herself in the glass in a very foolish manner. The others reproached her sharply, and they went outside. Some hams hanging in the kitchen were taken out for burial, and the barrel of beer in the scullery was stove in with a kick from Boxer's hoof, otherwise nothing in the house was touched. A unanimous resolution was passed on the spot that the farmhouse should be preserved as a museum. All were agreed that no animal must ever live there.

The animals had their breakfast, and then Snowball and Napoleon called them together again.

"Comrades," said Snowball, "it is half-past six and we have a long day before us. Today we begin the hay harvest. But there is another matter that must be attended to first."

The pigs now revealed that during the past three months they had taught themselves to read and write from an old spelling book which had belonged to Mr. Jones's children and which had been thrown on the rubbish heap. Napoleon sent for pots of black and white paint and led the way down to the five-barred gate that gave on to the main road. Then Snowball (for it was Snowball who was best at writing) took a brush between the two knuckles of his trotter, painted out MANOR FARM from the top bar of the gate and in its place painted ANIMAL FARM. This was to be the name of the farm from now onwards. After this they went back to the farm buildings, where Snowball and Napoleon sent for a ladder which they caused to be set against the end wall of the big barn. They explained that by their studies of the past three months the pigs had succeeded in reducing the principles of Animalism to Seven Commandments. These Seven Commandments would now be inscribed on the wall; they would form an unalterable law by which all the animals on Animal Farm must live for ever after. With some difficulty (for it is not easy for a pig to balance himself on a ladder) Snowball climbed up and set to work, with Squealer a few rungs below him holding the paint-pot. The Commandments were written on the tarred wall in great white letters that could be read thirty yards away. They ran thus:

THE SEVEN COMMANDMENTS

1. *Whatever goes upon two legs is an enemy.*
2. *Whatever goes upon four legs, or has wings, is a friend.*
3. *No animal shall wear clothes.*
4. *No animal shall sleep in a bed.*

5. *No animal shall drink alcohol.*

6. *No animal shall kill any other animal.*

7. *All animals are equal.*

It was very neatly written, and except that "friend" was written "freind" and one of the "S's" was the wrong way round, the spelling was correct all the way through. Snowball read it aloud for the benefit of the others. All the animals nodded in complete agreement, and the cleverer ones at once began to learn the Commandments by heart.

"Now, comrades," cried Snowball, throwing down the paint-brush, "to the hayfield! Let us make it a point of honour to get in the harvest more quickly than Jones and his men could do."

But at this moment the three cows, who had seemed uneasy for some time past, set up a loud lowing. They had not been milked for twenty-four hours, and their udders were almost bursting. After a little thought, the pigs sent for buckets and milked the cows fairly successfully, their trotters being well adapted to this task. Soon there were five buckets of frothing creamy milk at which many of the animals looked with considerable interest.

"What is going to happen to all that milk?" said someone.

"Jones used sometimes to mix some of it in our mash," said one of the hens.

"Never mind the milk, comrades!" cried Napoleon, placing himself in front of the buckets. "That will be attended to. The harvest is more important. Comrade Snowball will lead the way. I shall follow in a few minutes. Forward, comrades! The hay is waiting."

So the animals trooped down to the hayfield to begin the harvest, and when they came back in the evening it was noticed that the milk had disappeared.

CHAPTER III

How they toiled and sweated to get the hay in! But their efforts were rewarded, for the harvest was an even bigger success than they had hoped.

Sometimes the work was hard; the implements had been designed for human beings and not for animals, and it was a great drawback that no animal was able to use any tool that involved standing on his hind legs. But the pigs were so clever that they could think of a way round every difficulty. As for the horses, they knew every inch of the field, and in fact understood the business of mowing and raking far better than Jones and his men had ever done. The pigs did not actually work, but directed and supervised the others. With their superior knowledge it was natural that they should assume the leadership. Boxer and Clover would harness themselves to the cutter or the horse-rake (no bits or reins were needed in these days, of course) and tramp steadily round and round the field with a pig walking behind and calling out "Gee up, comrade!" or "Whoa back, comrade!" as the case might be. And every animal down to the humblest worked at turning the hay and gathering it. Even the ducks and hens toiled to and fro all day in the sun, carrying tiny wisps of hay in their beaks. In the end they finished the harvest in two days' less time than it had usually taken Jones and his men. Moreover, it was the biggest harvest that the farm had ever seen. There was no wastage whatever; the hens and ducks with their sharp eyes had gathered up the very last stalk. And not an animal on the farm had stolen so much as a mouthful.

All through that summer the work of the farm went like clockwork. The animals were happy as they had never conceived it possible to be. Every mouthful of food was an acute positive pleasure, now that it was truly their own food, produced by themselves and for themselves, not doled out to them by a grudging master. With the worthless parasitical human beings gone, there was more for everyone to eat. There was more leisure too, inexperienced though the animals were. They met with many difficulties — for instance, later in the year, when they harvested the corn, they had to tread it out in the ancient style and blow away the chaff with their breath, since the farm possessed no threshing machine — but the pigs with their cleverness and Boxer with his tremendous muscles always pulled them through. Boxer was the admiration of everybody. He had been a hard worker even in Jones's time, but now he seemed more like three horses than one; there were days when the entire work of the farm seemed to rest on his mighty shoulders. From morning to night he was pushing and pulling, always at the spot where the work was hardest. He had made an arrangement with one of the cockerels to call him in the mornings half an hour earlier than anyone else, and would put in some volunteer labour at whatever seemed to be most needed, before the regular day's work began. His answer to every problem, every setback, was "I will work harder!"— which he had adopted as his personal motto.

But everyone worked according to his capacity. The hens and ducks, for instance, saved five bushels of corn at the harvest by gathering up the stray grains. Nobody stole, nobody grumbled over his rations, the quarrelling and biting and jealousy which had been normal features of life in the old days had almost disappeared. Nobody shirked — or almost nobody. Mollie, it was true, was not good at getting up in the mornings, and had a way of leaving work early on the ground that there was a stone in her hoof. And the behaviour of the cat was somewhat peculiar. It was soon noticed that when there was work to be done the cat could never be found. She would vanish for hours on end, and then reappear at meal-times, or in the evening after work was over, as though nothing had happened. But she always made such excellent excuses, and purred so affectionately, that it was impossible not to believe in her good intentions. Old Benjamin, the donkey, seemed quite unchanged since the Rebellion. He did his work in the same slow obstinate way as he had done it in Jones's time, never shirking and never volunteering for extra work either. About the Rebellion and its results he would express no opinion. When asked whether he was not happier now that Jones was gone, he would say only "Donkeys live a long time. None of you has ever seen a dead donkey," and the others had to be content with this cryptic answer.

On Sundays there was no work. Breakfast was an hour later than usual, and after breakfast there was a ceremony which was observed every week without fail. First came the hoisting of the flag. Snowball had found in the harness-room an old green tablecloth of Mrs. Jones's and had painted on it a hoof and a horn in white. This was run up the flagstaff in the farmhouse garden every Sunday morning. The flag was green, Snowball explained, to represent the green fields of England, while the hoof and horn signified the future Republic of the Animals which would arise when the human race had been finally overthrown. After the hoisting of the flag all the animals trooped into the big barn for a general assembly which was known as the Meeting. Here the work of the coming week was planned out and resolutions were put forward and debated. It was always the pigs who put forward the resolutions. The other animals understood how to vote, but could never think of any resolutions of their own. Snowball and Napoleon were by far the most active in the debates. But it was noticed that these two were never in agreement: whatever suggestion either of them made, the other could be counted on to oppose it. Even when it was resolved — a thing no one could object to in itself — to set aside the small paddock behind the orchard as a home of rest for animals who were past work, there was a stormy debate over the correct retiring age for each class of animal. The Meeting always ended with the singing of 'Beasts of England', and the afternoon was given up to recreation.

The pigs had set aside the harness-room as a headquarters for themselves. Here, in the evenings, they studied blacksmithing, carpentering, and other necessary arts from books which they had brought out of the farmhouse. Snowball also busied himself with organising the other animals into what he called Animal Committees. He was indefatigable at this. He formed the Egg Production Committee for the hens, the Clean Tails League for the cows, the Wild Comrades' Re-education Committee (the object of this was to tame the rats and rabbits), the Whiter Wool Movement for the sheep, and various others, besides instituting classes in reading and writing. On the whole, these projects were a failure. The attempt to tame the wild creatures, for instance, broke down almost immediately. They continued to behave very much as before, and when treated with generosity, simply took advantage of it. The cat joined the Re-education Committee and was very active in it for some days. She was seen one day sitting on a roof and talking to some sparrows who were just out of her reach. She was telling them that all animals were now comrades and that any sparrow who chose could come and perch on her paw; but the sparrows kept their distance.

The reading and writing classes, however, were a great success. By the autumn almost every animal on the farm was literate in some degree.

As for the pigs, they could already read and write perfectly. The dogs learned to read fairly well, but were not interested in reading anything except the Seven Commandments. Muriel, the goat, could read somewhat better than the dogs, and sometimes used to read to the others in the evenings from scraps of newspaper which she found on the rubbish heap. Benjamin could read as well as any pig, but never exercised his faculty. So far as he knew, he said, there was nothing worth reading.

Clover learnt the whole alphabet, but could not put words together. Boxer could not get beyond the letter D. He would trace out A, B, C, D, in the dust with his great hoof, and then would stand staring at the letters with his ears back, sometimes shaking his forelock, trying with all his might to remember what came next and never succeeding. On several occasions, indeed, he did learn E, F, G, H, but by the time he knew them, it was always discovered that he had forgotten A, B, C, and D. Finally he decided to be content with the first four letters, and used to write them out once or twice every day to refresh his memory. Mollie refused to learn any but the six letters which spelt her own name. She would form these very neatly out of pieces of twig, and would then decorate them with a flower or two and walk round them admiring them.

None of the other animals on the farm could get further than the letter A. It was also found that the stupider animals, such as the sheep, hens, and ducks, were unable to learn the Seven Commandments by heart. After much thought Snowball declared that the Seven Commandments could in effect be reduced to a single maxim, namely: "Four legs good, two legs bad." This, he said, contained the essential principle of Animalism. Whoever had thoroughly grasped it would be safe from human influences. The birds at first objected, since it seemed to them that they also had two legs, but Snowball proved to them that this was not so.

"A bird's wing, comrades," he said, "is an organ of propulsion and not of manipulation. It should therefore be regarded as a leg. The distinguishing mark of man is the HAND, the instrument with which he does all his mischief."

The birds did not understand Snowball's long words, but they accepted his explanation, and all the humbler animals set to work to learn the new maxim by heart. FOUR LEGS GOOD, TWO LEGS BAD, was inscribed on the end wall of the barn, above the Seven Commandments and in bigger letters. When they had once got it by heart, the sheep developed a great liking for this maxim, and often as they lay in the field they would all start bleating "Four legs good, two legs bad! Four legs good, two legs bad!" and keep it up for hours on end, never growing tired of it.

Napoleon took no interest in Snowball's committees. He said that the education of the young was more important than anything that could be done for those who were already grown up. It happened that Jessie and Bluebell had both whelped soon after the hay harvest, giving birth between them to nine sturdy puppies. As soon as they were weaned, Napoleon took them away from their mothers, saying that he would make himself responsible for their education. He took them up into a loft which could only be reached by a ladder from the harness-room, and there kept them in such seclusion that the rest of the farm soon forgot their existence.

The mystery of where the milk went to was soon cleared up. It was mixed every day into the pigs' mash. The early apples were now ripening, and the grass of the orchard was littered with windfalls. The animals had assumed as a matter of course that these would be shared out equally; one day, however, the order went forth that all the windfalls were to be collected and brought to the harness-room for the use of the pigs. At this some of the other animals murmured, but it was no use. All the pigs were in full agreement on this point, even Snowball and Napoleon. Squealer was sent to make the necessary explanations to the others.

"Comrades!" he cried. "You do not imagine, I hope, that we pigs are doing this in a spirit of selfishness and privilege? Many of us actually dislike milk and apples. I dislike them myself. Our sole object in taking these things is to preserve our health. Milk and apples (this has been proved by Science, comrades) contain substances absolutely necessary to the well-being of a pig. We pigs are brainworkers. The whole management and organisation of this farm depend on us. Day and night we are watching over your welfare. It is for YOUR sake that we drink that milk and eat those apples. Do you know what would happen if we pigs failed in our duty? Jones would come back! Yes, Jones would come back! Surely, comrades," cried Squealer almost pleadingly, skipping from side to side and whisking his tail, "surely there is no one among you who wants to see Jones come back?"

Now if there was one thing that the animals were completely certain of, it was that they did not want Jones back. When it was put to them in this light, they had no more to say. The importance of keeping the pigs in good health was all too obvious. So it was agreed without further argument that the milk and the windfall apples (and also the main crop of apples when they ripened) should be reserved for the pigs alone.

CHAPTER IV

By the late summer the news of what had happened on Animal Farm had spread across half the county. Every day Snowball and Napoleon sent out flights of pigeons whose instructions were to mingle with the animals on neighbouring farms, tell them the story of the Rebellion, and teach them the tune of 'Beasts of England'.

Most of this time Mr. Jones had spent sitting in the taproom of the Red Lion at Willingdon, complaining to anyone who would listen of the monstrous injustice he had suffered in being turned out of his property by a pack of good-for-nothing animals. The other farmers sympathised in principle, but they did not at first give him much help. At heart, each of them was secretly wondering whether he could not somehow turn Jones's misfortune to his own advantage. It was lucky that the owners of the two farms which adjoined Animal Farm were on permanently bad terms. One of them, which was named Foxwood, was a large, neglected, old-fashioned farm, much overgrown by woodland, with all its pastures worn out and its hedges in a disgraceful condition. Its owner, Mr. Pilkington, was an easy-going gentleman farmer who spent most of his time in fishing or hunting according to the season. The other farm, which was called Pinchfield, was smaller and better kept. Its owner was a Mr. Frederick, a tough, shrewd man, perpetually involved in lawsuits and with a name for driving hard bargains. These two disliked each other so much that it was difficult for them to come to any agreement, even in defence of their own interests.

Nevertheless, they were both thoroughly frightened by the rebellion on Animal Farm, and very anxious to prevent their own animals from learning too much about it. At first they pretended to laugh to scorn the idea of animals managing a farm for themselves. The whole thing would be over in a fortnight, they said. They put it about that the animals on the Manor Farm (they insisted on calling it the Manor Farm; they would not tolerate the name "Animal Farm") were perpetually fighting among themselves and were also rapidly starving to death. When time passed and the animals had evidently not starved to death, Frederick and Pilkington changed their tune and began to talk of the terrible wickedness that now flourished on Animal Farm. It was given out that the animals there practised cannibalism, tortured one another with red-hot horseshoes, and had their females in common. This was what came of rebelling against the laws of Nature, Frederick and Pilkington said.

However, these stories were never fully believed. Rumours of a wonderful farm, where the human beings had been turned out and the animals managed their own affairs, continued to circulate in vague and distorted forms, and throughout that year a wave of rebelliousness ran through the countryside. Bulls which had always been tractable suddenly turned savage, sheep broke down hedges and devoured the clover, cows kicked the pail over, hunters refused their fences and shot their riders on to the other side. Above all, the tune and even the words of 'Beasts of England' were known everywhere. It had spread with astonishing speed. The human beings could not contain their rage when they heard this song, though they pretended to think it merely ridiculous. They could not understand, they said, how even animals could bring themselves to sing such contemptible rubbish. Any animal caught singing it was given a flogging on the spot. And yet the song was irrepressible. The blackbirds whistled it in the hedges, the pigeons cooed it in the elms, it got into the din of the smithies and the tune of the church bells. And when the human beings listened to it, they secretly trembled, hearing in it a prophecy of their future doom.

Early in October, when the corn was cut and stacked and some of it was already threshed, a flight of pigeons came whirling through the air and alighted in the yard of Animal Farm in the wildest excitement. Jones and all his men, with half a dozen others from Foxwood and Pinchfield, had entered the five-barred gate and were coming up the cart-track that led to the farm. They were all carrying sticks, except Jones, who was marching ahead with a gun in his hands. Obviously they were going to attempt the recapture of the farm.

This had long been expected, and all preparations had been made. Snowball, who had studied an old book of Julius Caesar's campaigns which he had found in the farmhouse, was in charge of the defensive operations. He gave his orders quickly, and in a couple of minutes every animal was at his post.

As the human beings approached the farm buildings, Snowball launched his first attack. All the pigeons, to the number of thirty-five, flew to and fro over the men's heads and muted upon them from mid-air; and while the men were dealing with this, the geese, who had been hiding behind the hedge, rushed out and pecked viciously at the calves of their legs. However, this was only a light skirmishing manoeuvre, intended to create a little disorder, and the men easily drove the geese off with their sticks. Snowball now launched his second line of attack. Muriel, Benjamin, and all the sheep, with Snowball at the head of them, rushed forward and prodded and butted the men from every side, while Benjamin turned around and lashed at them with his small hoofs. But once again the men, with their sticks and their hobnailed boots, were too strong for them; and suddenly, at a squeal from Snowball, which was the signal for retreat, all the animals turned and fled through the gateway into the yard.

The men gave a shout of triumph. They saw, as they imagined, their enemies in flight, and they rushed after them in disorder. This was just what Snowball had intended. As soon as they were well inside the yard, the three horses, the three cows, and the rest of the pigs, who had been lying in ambush in the cowshed, suddenly emerged in their rear, cutting them off. Snowball now gave the signal for the charge. He himself dashed straight for Jones. Jones saw him coming, raised his gun and fired. The pellets scored bloody streaks along Snowball's back, and a sheep dropped dead. Without halting for an instant, Snowball flung his fifteen stone against Jones's legs. Jones was hurled into a pile of dung and his gun flew out of his hands. But the most terrifying spectacle of all was Boxer, rearing up on his hind legs and striking out with his great iron-shod hoofs like a stallion. His very first blow took a stable-lad from Foxwood on the skull and stretched him lifeless in the mud. At the sight, several men dropped their sticks and tried to run. Panic overtook them, and the next moment all the animals together were chasing them round and round the yard. They were gored, kicked, bitten, trampled on. There was not an animal on the farm that did not take vengeance on them after his own fashion. Even the cat suddenly leapt off a roof onto a cowman's shoulders and sank her claws in his neck, at which he yelled horribly. At a moment when the opening was clear, the men were glad enough to rush out of the yard and make a bolt for the main road. And so within five minutes of their invasion they were in ignominious retreat by the same way as they had come, with a flock of geese hissing after them and pecking at their calves all the way.

All the men were gone except one. Back in the yard Boxer was pawing with his hoof at the stable-lad who lay face down in the mud, trying to turn him over. The boy did not stir.

"He is dead," said Boxer sorrowfully. "I had no intention of doing that. I forgot that I was wearing iron shoes. Who will believe that I did not do this on purpose?"

"No sentimentality, comrade!" cried Snowball from whose wounds the blood was still dripping. "War is war. The only good human being is a dead one."

"I have no wish to take life, not even human life," repeated Boxer, and his eyes were full of tears.

"Where is Mollie?" exclaimed somebody.

Mollie in fact was missing. For a moment there was great alarm; it was feared that the men might have harmed her in some way, or even carried her off with them. In the end, however, she was found hiding in her stall with her head buried among the hay in the manger. She had taken to flight as soon as the gun went off. And when the others came back from looking for her, it was to find that the stable-lad, who in fact was only

159

stunned, had already recovered and made off.

The animals had now reassembled in the wildest excitement, each recounting his own exploits in the battle at the top of his voice. An impromptu celebration of the victory was held immediately. The flag was run up and 'Beasts of England' was sung a number of times, then the sheep who had been killed was given a solemn funeral, a hawthorn bush being planted on her grave. At the graveside Snowball made a little speech, emphasising the need for all animals to be ready to die for Animal Farm if need be.

The animals decided unanimously to create a military decoration, "Animal Hero, First Class," which was conferred there and then on Snowball and Boxer. It consisted of a brass medal (they were really some old horse-brasses which had been found in the harness-room), to be worn on Sundays and holidays. There was also "Animal Hero, Second Class," which was conferred posthumously on the dead sheep.

There was much discussion as to what the battle should be called. In the end, it was named the Battle of the Cowshed, since that was where the ambush had been sprung. Mr. Jones's gun had been found lying in the mud, and it was known that there was a supply of cartridges in the farmhouse. It was decided to set the gun up at the foot of the Flagstaff, like a piece of artillery, and to fire it twice a year — once on October the twelfth, the anniversary of the Battle of the Cowshed, and once on Midsummer Day, the anniversary of the Rebellion.

CHAPTER V

As winter drew on, Mollie became more and more troublesome. She was late for work every morning and excused herself by saying that she had overslept, and she complained of mysterious pains, although her appetite was excellent. On every kind of pretext she would run away from work and go to the drinking pool, where she would stand foolishly gazing at her own reflection in the water. But there were also rumours of something more serious. One day, as Mollie strolled blithely into the yard, flirting her long tail and chewing at a stalk of hay, Clover took her aside.

"Mollie," she said, "I have something very serious to say to you. This morning I saw you looking over the hedge that divides Animal Farm from Foxwood. One of Mr. Pilkington's men was standing on the other side of the hedge. And — I was a long way away, but I am almost certain I saw this — he was talking to you and you were allowing him to stroke your nose. What does that mean, Mollie?"

"He didn't! I wasn't! It isn't true!" cried Mollie, beginning to prance about and paw the ground.

"Mollie! Look me in the face. Do you give me your word of honour that that man was not stroking your nose?"

"It isn't true!" repeated Mollie, but she could not look Clover in the face, and the next moment she took to her heels and galloped away into the field.

A thought struck Clover. Without saying anything to the others, she went to Mollie's stall and turned over the straw with her hoof. Hidden under the straw was a little pile of lump sugar and several bunches of ribbon of different colours.

Three days later Mollie disappeared. For some weeks nothing was known of her whereabouts, then the pigeons reported that they had seen her on the other side of Willingdon. She was between the shafts of a smart dogcart painted red and black, which was standing outside a public-house. A fat red-faced man in check breeches and gaiters, who looked like a publican, was stroking her nose and feeding her with sugar. Her coat was newly clipped and she wore a scarlet ribbon round her forelock. She appeared to be enjoying herself, so the pigeons said. None of the animals ever mentioned Mollie again.

In January there came bitterly hard weather. The earth was like iron, and nothing could be done in the fields. Many meetings were held in the big barn, and the pigs occupied themselves with planning out the work of the coming season. It had come to be accepted that the pigs, who were manifestly cleverer than the other animals, should decide all questions of farm policy, though their decisions had to be ratified by a majority vote. This arrangement would have worked well enough if it had not been for the disputes between Snowball and Napoleon. These two disagreed at every point where disagreement was possible. If one of them suggested sowing a bigger acreage with barley, the other was certain to demand a bigger acreage of oats, and if one of them said that such and such a field was just right for cabbages, the other would declare that it was useless for anything except roots. Each had his own following, and there were some violent debates. At the Meetings Snowball often won over the majority by his brilliant speeches, but Napoleon was better at canvassing support for himself in between times. He was especially successful with the sheep. Of late the sheep had taken to bleating "Four legs good, two legs bad" both in and out of season, and they often interrupted the Meeting with this. It was noticed that they were especially liable to break into "Four legs good, two legs bad" at crucial moments in Snowball's speeches. Snowball had made a close study of some back numbers of the 'Farmer and Stockbreeder' which he had found in the farmhouse, and was full of plans for innovations and improvements. He talked learnedly about field drains, silage, and basic slag, and had worked out a complicated scheme for all the animals to drop their dung directly in the fields, at a different spot every day, to save the labour of cartage. Napoleon produced no schemes of his own, but said quietly that Snowball's would come to nothing, and seemed to be biding his time. But of all their controversies, none was so bitter as the one that took place over the windmill.

In the long pasture, not far from the farm buildings, there was a small knoll which was the highest point on the farm. After surveying the ground, Snowball declared that this was just the place for a windmill, which could be made to operate a dynamo and supply the farm with electrical power. This would light the stalls and warm them in winter, and would also run a circular saw, a chaff-cutter, a mangel-slicer, and an electric milking machine. The animals had never heard of anything of this kind before (for the farm was an old-fashioned one and had only the most primitive machinery), and they listened in astonishment while Snowball conjured up pictures of fantastic machines which would do their work for them while they grazed at their ease in the fields or improved their minds with reading and conversation.

Within a few weeks Snowball's plans for the windmill were fully worked out. The mechanical details came mostly from three books which had belonged to Mr. Jones —'One Thousand Useful Things to Do About the House', 'Every Man His Own Bricklayer', and 'Electricity for Beginners'. Snowball used as his study a shed which had once been used for incubators and had a smooth wooden floor, suitable for drawing on. He was closeted there for hours at a time. With his books held open by a stone, and with a piece of chalk gripped between the knuckles of his trotter, he would move rapidly to and fro, drawing in line after line and uttering little whimpers of excitement. Gradually the plans grew into a complicated mass of cranks and cog-wheels, covering more than half the floor, which the other animals found completely unintelligible but very impressive. All of them came to look at Snowball's drawings at least once a day. Even the hens and ducks came, and were at pains not to tread on the chalk marks. Only Napoleon held aloof. He had declared himself against the windmill from the start. One day, however, he arrived unexpectedly to examine the plans. He walked heavily round the shed, looked closely at every detail of the plans and snuffed at them once or twice, then stood for a little while contemplating them out of the corner of his eye; then suddenly he lifted his leg, urinated over the plans, and walked out without uttering a word.

The whole farm was deeply divided on the subject of the windmill. Snowball did not deny that to build it would be a difficult business. Stone would have to be carried and built up into walls, then the sails would have to be made and after that there would be need for dynamos and cables. (How these were to be procured, Snowball did not say.) But he maintained that it could all be done in a year. And thereafter, he declared, so much labour would be saved that the animals would only need to work three days a week. Napoleon, on the other hand, argued that the great need of the moment was to increase food production, and that if they wasted time on the windmill they would all starve to death. The animals formed themselves into two factions under the slogan, "Vote for Snowball and the three-day week" and "Vote for Napoleon and the full manger." Benjamin was the only animal who did not side with either faction. He refused to believe either that food would become more plentiful or that the windmill would save work. Windmill or no windmill, he said, life would go on as it had always gone on — that is, badly.

Apart from the disputes over the windmill, there was the question of the defence of the farm. It was fully realised that though the human beings had been defeated in the Battle of the Cowshed they might make another and more determined attempt to recapture the farm and reinstate Mr. Jones. They had all the more reason for doing so because the news of their defeat had spread across the countryside and made the animals on the neighbouring farms more restive than ever. As usual, Snowball and Napoleon were in disagreement. According to Napoleon, what the animals must do was to procure firearms and train themselves in the use of them. According to Snowball, they must send out more and more pigeons and stir up rebellion among the animals on the other farms. The one argued that if they could not defend themselves they were bound to be conquered, the other argued that if rebellions happened everywhere they would have no need to defend themselves. The animals listened first to Napoleon, then to Snowball, and could not make up their minds which was right; indeed, they always found themselves in agreement with the one who was speaking at the moment.

At last the day came when Snowball's plans were completed. At the Meeting on the following Sunday the question of whether or not to begin work on the windmill was to be put to the vote. When the animals had assembled in the big barn, Snowball stood up and, though occasionally interrupted by bleating from the sheep, set forth his reasons for advocating the building of the windmill. Then Napoleon stood up to reply. He said very quietly that the windmill was nonsense and that he advised nobody to vote for it, and promptly sat down again; he had spoken for barely thirty seconds, and seemed almost indifferent as to the effect he produced. At this Snowball sprang to his feet, and shouting down the sheep, who had begun bleating again, broke into a passionate appeal in favour of the windmill. Until now the animals had been about equally divided in their sympathies, but in a moment Snowball's eloquence had carried them away. In glowing sentences he painted a picture of Animal Farm as it might be when sordid labour was lifted from the animals' backs. His imagination had now run far beyond chaffcutters and turnip-slicers. Electricity, he said, could operate threshing machines, ploughs, harrows, rollers, and reapers and binders, besides supplying every stall with its own electric light, hot and cold water, and an electric heater. By the time he had finished speaking, there was no doubt as to which way the vote would go. But just at this moment Napoleon stood up and, casting a peculiar sidelong look at Snowball, uttered a high-pitched whimper of a kind no one had ever heard him utter before.

At this there was a terrible baying sound outside, and nine enormous dogs wearing brass-studded collars came bounding into the barn. They dashed straight for Snowball, who only sprang from his place just in time to escape their snapping jaws. In a moment he was out of the door and they were after him. Too amazed and frightened to speak, all the animals crowded through the door to watch the chase. Snowball was racing across the long pasture that led to the road. He was running as only a pig can run, but the dogs were close on his heels. Suddenly he slipped and it seemed certain that they had him. Then he was up again, running faster than ever, then the dogs were gaining on him again. One of them all but closed his jaws on Snowball's tail, but Snowball whisked it free just in time. Then he put on an extra spurt and, with a few inches to spare, slipped through a hole in the hedge and was seen no more.

Silent and terrified, the animals crept back into the barn. In a moment the dogs came bounding back. At first no one had been able to imagine where these creatures came from, but the problem was soon solved: they were the puppies whom Napoleon had taken away from their mothers and reared privately. Though not yet full-grown, they were huge dogs, and as fierce-looking as wolves. They kept close to Napoleon. It was noticed that they wagged their tails to him in the same way as the other dogs had been used to do to Mr. Jones.

Napoleon, with the dogs following him, now mounted on to the raised portion of the floor where Major had previously stood to deliver his speech. He announced that from now on the Sunday-morning Meetings would come to an end. They were unnecessary, he said, and wasted time. In future all questions relating to the working of the farm would be settled by a special committee of pigs, presided over by himself. These would meet in private and afterwards communicate their decisions to the others. The animals would still assemble on Sunday mornings to salute the flag, sing 'Beasts of England', and receive their orders for the week; but there would be no more debates.

In spite of the shock that Snowball's expulsion had given them, the animals were dismayed by this announcement. Several of them would have protested if they could have found the right arguments. Even Boxer was vaguely troubled. He set his ears back, shook his forelock several times, and tried hard to marshal his thoughts; but in the end he could not think of anything to say. Some of the pigs themselves, however, were more articulate. Four young porkers in the front row uttered shrill squeals of disapproval, and all four of them sprang to their feet and began speaking at once. But suddenly the dogs sitting round Napoleon let out deep, menacing growls, and the pigs fell silent and sat down again. Then the sheep broke out into a tremendous bleating of "Four legs good, two legs bad!" which went on for nearly a quarter of an hour and put an end to any chance of discussion.

Afterwards Squealer was sent round the farm to explain the new arrangement to the others.

"Comrades," he said, "I trust that every animal here appreciates the sacrifice that Comrade Napoleon has made in taking this extra labour upon himself. Do not imagine, comrades, that leadership is a pleasure! On the contrary, it is a deep and heavy responsibility. No one believes

167

more firmly than Comrade Napoleon that all animals are equal. He would be only too happy to let you make your decisions for yourselves. But sometimes you might make the wrong decisions, comrades, and then where should we be? Suppose you had decided to follow Snowball, with his moonshine of windmills — Snowball, who, as we now know, was no better than a criminal?"

"He fought bravely at the Battle of the Cowshed," said somebody.

"Bravery is not enough," said Squealer. "Loyalty and obedience are more important. And as to the Battle of the Cowshed, I believe the time will come when we shall find that Snowball's part in it was much exaggerated. Discipline, comrades, iron discipline! That is the watchword for today. One false step, and our enemies would be upon us. Surely, comrades, you do not want Jones back?"

Once again this argument was unanswerable. Certainly the animals did not want Jones back; if the holding of debates on Sunday mornings was liable to bring him back, then the debates must stop. Boxer, who had now had time to think things over, voiced the general feeling by saying: "If Comrade Napoleon says it, it must be right." And from then on he adopted the maxim, "Napoleon is always right," in addition to his private motto of "I will work harder."

By this time the weather had broken and the spring ploughing had begun. The shed where Snowball had drawn his plans of the windmill had been shut up and it was assumed that the plans had been rubbed off the floor. Every Sunday morning at ten o'clock the animals assembled in the big barn to receive their orders for the week. The skull of old Major, now clean of flesh, had been disinterred from the orchard and set up on a stump at the foot of the flagstaff, beside the gun. After the hoisting of the flag, the animals were required to file past the skull in a reverent manner before entering the barn. Nowadays they did not sit all together as they had done in the past. Napoleon, with Squealer and another pig named Minimus, who had a remarkable gift for composing songs and poems, sat on the front of the raised platform, with the nine young dogs forming a semicircle round them, and the other pigs sitting behind. The rest of the animals sat facing them in the main body of the barn. Napoleon read out the orders for the week in a gruff soldierly style, and after a single singing of 'Beasts of England', all the animals dispersed.

On the third Sunday after Snowball's expulsion, the animals were somewhat surprised to hear Napoleon announce that the windmill was to be built after all. He did not give any reason for having changed his mind, but merely warned the animals that this extra task would mean very hard work, it might even be necessary to reduce their rations. The plans, however, had all been prepared, down to the last detail. A special committee of pigs had been at work upon them for the past three weeks. The building of the windmill, with various other improvements, was expected to take two years.

That evening Squealer explained privately to the other animals that Napoleon had never in reality been opposed to the windmill. On the contrary, it was he who had advocated it in the beginning, and the plan which Snowball had drawn on the floor of the incubator shed had actually been stolen from among Napoleon's papers. The windmill was, in fact, Napoleon's own creation. Why, then, asked somebody, had he spoken so strongly against it? Here Squealer looked very sly. That, he said, was Comrade Napoleon's cunning. He had SEEMED to oppose the windmill, simply as a manoeuvre to get rid of Snowball, who was a dangerous character and a bad influence. Now that Snowball was out of the way, the plan could go forward without his interference. This, said Squealer, was something called tactics. He repeated a number of times, "Tactics, comrades, tactics!" skipping round and whisking his tail with a merry laugh. The animals were not certain what the word meant, but Squealer spoke so persuasively, and the three dogs who happened to be with him growled so threateningly, that they accepted his explanation without further questions.

CHAPTER VI

All that year the animals worked like slaves. But they were happy in their work; they grudged no effort or sacrifice, well aware that everything that they did was for the benefit of themselves and those of their kind who would come after them, and not for a pack of idle, thieving human beings.

Throughout the spring and summer they worked a sixty-hour week, and in August Napoleon announced that there would be work on Sunday afternoons as well. This work was strictly voluntary, but any animal who absented himself from it would have his rations reduced by half. Even so, it was found necessary to leave certain tasks undone. The harvest was a little less successful than in the previous year, and two fields which should have been sown with roots in the early summer were not sown because the ploughing had not been completed early enough. It was possible to foresee that the coming winter would be a hard one.

The windmill presented unexpected difficulties. There was a good quarry of limestone on the farm, and plenty of sand and cement had been found in one of the outhouses, so that all the materials for building were at hand. But the problem the animals could not at first solve was how to break up the stone into pieces of suitable size. There seemed no way of doing this except with picks and crowbars, which no animal could use, because no animal could stand on his hind legs. Only after weeks of vain effort did the right idea occur to somebody-namely, to utilise the force of gravity. Huge boulders, far too big to be used as they were, were lying all over the bed of the quarry. The animals lashed ropes round these, and then all together, cows, horses, sheep, any animal that could lay hold of the rope — even the pigs sometimes joined in at critical moments — they dragged them with desperate slowness up the slope to the top of the quarry, where they were toppled over the edge, to shatter to pieces below. Transporting the stone when it was once broken was comparatively simple. The horses carried it off in cart-loads, the sheep dragged single blocks, even Muriel and Benjamin yoked themselves into an old governess-cart and did their share. By late summer a sufficient store of stone had accumulated, and then the building began, under the superintendence of the pigs.

But it was a slow, laborious process. Frequently it took a whole day of exhausting effort to drag a single boulder to the top of the quarry, and sometimes when it was pushed over the edge it failed to break. Nothing could have been achieved without Boxer, whose strength seemed equal to that of all the rest of the animals put together. When the boulder began to slip and the animals cried out in despair at finding themselves dragged down the hill, it was always Boxer who strained himself against the rope and brought the boulder to a stop. To see him toiling up the slope inch by inch, his breath coming fast, the tips of his hoofs clawing at the ground, and his great sides matted with sweat, filled everyone with admiration. Clover warned him sometimes to be careful not to overstrain himself, but Boxer would never listen to her. His two slogans, "I will work harder" and "Napoleon is always right," seemed to him a sufficient answer to all problems. He had made arrangements with the cockerel to call him three-quarters of an hour earlier in the mornings instead of half an hour. And in his spare moments, of which there were not many nowadays, he would go alone to the quarry, collect a load of broken stone, and drag it down to the site of the windmill unassisted.

The animals were not badly off throughout that summer, in spite of the hardness of their work. If they had no more food than they had had in Jones's day, at least they did not have less. The advantage of only having to feed themselves, and not having to support five extravagant human beings as well, was so great that it would have taken a lot of failures to outweigh it. And in many ways the animal method of doing things was more efficient and saved labour. Such jobs as weeding, for instance, could be done with a thoroughness impossible to human beings. And again, since no animal now stole, it was unnecessary to fence off pasture from arable land, which saved a lot of labour on the upkeep of hedges and gates. Nevertheless, as the summer wore on, various unforeseen shortages began to make themselves felt. There was need of paraffin oil, nails, string, dog biscuits, and iron for the horses' shoes, none of which could be produced on the farm. Later there would also be need for seeds and artificial manures, besides various tools and, finally, the machinery for the windmill. How these were to be procured, no one was able to imagine.

One Sunday morning, when the animals assembled to receive their orders, Napoleon announced that he had decided upon a new policy. From now onwards Animal Farm would engage in trade with the neighbouring farms: not, of course, for any commercial purpose, but simply in order to obtain certain materials which were urgently necessary. The needs of the windmill must override everything else, he said. He was therefore making arrangements to sell a stack of hay and part of the current year's wheat crop, and later on, if more money were needed, it would have to be made up by the sale of eggs, for which there was always a market in Willingdon. The hens, said Napoleon, should welcome this sacrifice as their own special contribution towards the building of the windmill.

Once again the animals were conscious of a vague uneasiness. Never to have any dealings with human beings, never to engage in trade, never to make use of money — had not these been among the earliest resolutions passed at that first triumphant Meeting after Jones was expelled? All the animals remembered passing such resolutions: or at least they thought that they remembered it. The four young pigs who had protested when Napoleon abolished the Meetings raised their voices timidly, but they were promptly silenced by a tremendous growling from the dogs. Then, as usual, the sheep broke into "Four legs good, two legs bad!" and the momentary awkwardness was smoothed over. Finally Napoleon raised his trotter for silence and announced that he had already made all the arrangements. There would be no need for any of the animals to come in contact with human beings, which would clearly be most undesirable. He intended to take the whole burden upon his own shoulders. A Mr. Whymper, a solicitor living in Willingdon, had agreed to act as intermediary between Animal Farm and the outside world, and would visit the farm every Monday morning to receive his instructions. Napoleon ended his speech with his usual cry of "Long live Animal Farm!" and after the singing of 'Beasts of England' the animals were dismissed.

Afterwards Squealer made a round of the farm and set the animals' minds at rest. He assured them that the resolution against engaging in trade and using money had never been passed, or even suggested. It was pure imagination, probably traceable in the beginning to lies circulated by Snowball. A few animals still felt faintly doubtful, but Squealer asked them shrewdly, "Are you certain that this is not something that you have dreamed, comrades? Have you any record of such a resolution? Is it written down anywhere?" And since it was certainly true that nothing of the kind existed in writing, the animals were satisfied that they had been mistaken.

Every Monday Mr. Whymper visited the farm as had been arranged. He was a sly-looking little man with side whiskers, a solicitor in a very small way of business, but sharp enough to have realised earlier than anyone else that Animal Farm would need a broker and that the commissions would be worth having. The animals watched his coming and going with a kind of dread, and avoided him as much as possible. Nevertheless, the sight of Napoleon, on all fours, delivering orders to Whymper, who stood on two legs, roused their pride and partly reconciled them to the new arrangement. Their relations with the human race were now not quite the same as they had been before. The human beings did not hate Animal Farm any less now that it was prospering; indeed, they hated it more than ever. Every human being held it as an article of faith that the farm would go bankrupt sooner or later, and, above all, that the windmill would be a failure. They would meet in the public-houses and prove to one another by means of diagrams that the windmill was bound to fall down, or that if it did stand up, then that it would never work. And yet, against their will, they had developed a certain respect for the efficiency with which the animals were managing their own affairs. One symptom of this was that they had begun to call Animal Farm by its proper name and ceased to pretend that it was called the Manor Farm. They had also dropped their championship of Jones, who had given up hope of getting his farm back and gone to live in another part of the county. Except through Whymper, there was as yet no contact between Animal Farm and the outside world, but there were constant rumours that Napoleon was about to enter into a definite business agreement either with Mr. Pilkington of Foxwood or with Mr. Frederick of Pinchfield — but never, it was noticed, with both simultaneously.

It was about this time that the pigs suddenly moved into the farmhouse and took up their residence there. Again the animals seemed to remember that a resolution against this had been passed in the early days, and again Squealer was able to convince them that this was not the case. It was absolutely necessary, he said, that the pigs, who were the brains of the farm, should have a quiet place to work in. It was also more suited to the dignity of the Leader (for of late he had taken to speaking of Napoleon under the title of "Leader") to live in a house than in a mere sty. Nevertheless, some of the animals were disturbed when they heard that the pigs not only took their meals in the kitchen and used the drawing-room as a recreation room, but also slept in the beds. Boxer passed it off as usual with "Napoleon is always right!", but Clover, who thought she remembered a definite ruling against beds, went to the end of the barn and tried to puzzle out the Seven Commandments which were inscribed there. Finding herself unable to read more than individual letters, she fetched Muriel.

"Muriel," she said, "read me the Fourth Commandment. Does it not say something about never sleeping in a bed?"

With some difficulty Muriel spelt it out.

"It says, 'No animal shall sleep in a bed with sheets,'" she announced finally.

Curiously enough, Clover had not remembered that the Fourth Commandment mentioned sheets; but as it was there on the wall, it must have done so. And Squealer, who happened to be passing at this moment, attended by two or three dogs, was able to put the whole matter in its proper perspective.

"You have heard then, comrades," he said, "that we pigs now sleep in the beds of the farmhouse? And why not? You did not suppose, surely, that there was ever a ruling against beds? A bed merely means a place to sleep in. A pile of straw in a stall is a bed, properly regarded. The rule was against sheets, which are a human invention. We have removed the sheets from the farmhouse beds, and sleep between blankets. And very comfortable beds they are too! But not more comfortable than we need, I can tell you, comrades, with all the brainwork we have to do nowadays. You would not rob us of our repose, would you, comrades? You would not have us too tired to carry out our duties? Surely none of you wishes to see Jones back?"

The animals reassured him on this point immediately, and no more was said about the pigs sleeping in the farmhouse beds. And when, some days afterwards, it was announced that from now on the pigs would get up an hour later in the mornings than the other animals, no complaint was made about that either.

By the autumn the animals were tired but happy. They had had a hard year, and after the sale of part of the hay and corn, the stores of food for the winter were none too plentiful, but the windmill compensated for everything. It was almost half built now. After the harvest there was a stretch of clear dry weather, and the animals toiled harder than ever, thinking it well worth while to plod to and fro all day with blocks of stone if by doing so they could raise the walls another foot. Boxer would even come out at nights and work for an hour or two on his own by the light of the harvest moon. In their spare moments the animals would walk round and round the half-finished mill, admiring the strength and perpendicularity of its walls and marvelling that they should ever have been able to build anything so imposing. Only old Benjamin refused to grow enthusiastic about the windmill, though, as usual, he would utter nothing beyond the cryptic remark that donkeys live a long time.

November came, with raging south-west winds. Building had to stop because it was now too wet to mix the cement. Finally there came a night when the gale was so violent that the farm buildings rocked on their foundations and several tiles were blown off the roof of the barn. The hens woke up squawking with terror because they had all dreamed simultaneously of hearing a gun go off in the distance. In the morning the animals came out of their stalls to find that the flagstaff had been blown down and an elm tree at the foot of the orchard had been plucked up like a radish. They had just noticed this when a cry of despair broke from every animal's throat. A terrible sight had met their eyes. The windmill was in ruins.

With one accord they dashed down to the spot. Napoleon, who seldom moved out of a walk, raced ahead of them all. Yes, there it lay, the fruit of all their struggles, levelled to its foundations, the stones they had broken and carried so laboriously scattered all around. Unable at first to speak, they stood gazing mournfully at the litter of fallen stone. Napoleon paced to and fro in silence, occasionally snuffing at the ground. His tail had grown rigid and twitched sharply from side to side, a sign in him of intense mental activity. Suddenly he halted as though his mind were made up.

"Comrades," he said quietly, "do you know who is responsible for this? Do you know the enemy who has come in the night and overthrown our windmill? SNOWBALL!" he suddenly roared in a voice of thunder. "Snowball has done this thing! In sheer malignity, thinking to set back our plans and avenge himself for his ignominious expulsion, this traitor has crept here under cover of night and destroyed our work of nearly a year. Comrades, here and now I pronounce the death sentence upon Snowball. 'Animal Hero, Second Class,' and half a bushel of apples to any animal who brings him to justice. A full bushel to anyone who captures

177

him alive!"

The animals were shocked beyond measure to learn that even Snowball could be guilty of such an action. There was a cry of indignation, and everyone began thinking out ways of catching Snowball if he should ever come back. Almost immediately the footprints of a pig were discovered in the grass at a little distance from the knoll. They could only be traced for a few yards, but appeared to lead to a hole in the hedge. Napoleon snuffed deeply at them and pronounced them to be Snowball's. He gave it as his opinion that Snowball had probably come from the direction of Foxwood Farm.

"No more delays, comrades!" cried Napoleon when the footprints had been examined. "There is work to be done. This very morning we begin rebuilding the windmill, and we will build all through the winter, rain or shine. We will teach this miserable traitor that he cannot undo our work so easily. Remember, comrades, there must be no alteration in our plans: they shall be carried out to the day. Forward, comrades! Long live the windmill! Long live Animal Farm!"

CHAPTER VII

It was a bitter winter. The stormy weather was followed by sleet and snow, and then by a hard frost which did not break till well into February. The animals carried on as best they could with the rebuilding of the windmill, well knowing that the outside world was watching them and that the envious human beings would rejoice and triumph if the mill were not finished on time.

Out of spite, the human beings pretended not to believe that it was Snowball who had destroyer the windmill: they said that it had fallen down because the walls were too thin. The animals knew that this was not the case. Still, it had been decided to build the walls three feet thick this time instead of eighteen inches as before, which meant collecting much larger quantities of stone. For a long time the quarry was full of snowdrifts and nothing could be done. Some progress was made in the dry frosty weather that followed, but it was cruel work, and the animals could not feel so hopeful about it as they had felt before. They were always cold, and usually hungry as well. Only Boxer and Clover never lost heart. Squealer made excellent speeches on the joy of service and the dignity of labour, but the other animals found more inspiration in Boxer's strength and his never-failing cry of "I will work harder!"

In January food fell short. The corn ration was drastically reduced, and it was announced that an extra potato ration would be issued to make up for it. Then it was discovered that the greater part of the potato crop had been frosted in the clamps, which had not been covered thickly enough. The potatoes had become soft and discoloured, and only a few were edible. For days at a time the animals had nothing to eat but chaff and mangels. Starvation seemed to stare them in the face.

It was vitally necessary to conceal this fact from the outside world. Emboldened by the collapse of the windmill, the human beings were inventing fresh lies about Animal Farm. Once again it was being put about that all the animals were dying of famine and disease, and that they were continually fighting among themselves and had resorted to cannibalism and infanticide. Napoleon was well aware of the bad results that might follow if the real facts of the food situation were known, and he decided to make use of Mr. Whymper to spread a contrary impression. Hitherto the animals had had little or no contact with Whymper on his weekly visits: now, however, a few selected animals, mostly sheep, were instructed to remark casually in his hearing that rations had been increased. In addition, Napoleon ordered the almost empty bins in the store-shed to be filled nearly to the brim with sand, which was then covered up with what remained of the grain and meal. On some suitable pretext Whymper was led through the store-shed and allowed to catch a glimpse of the bins. He was deceived, and continued to report to the outside world that there was no food shortage on Animal Farm.

Nevertheless, towards the end of January it became obvious that it would be necessary to procure some more grain from somewhere. In these days Napoleon rarely appeared in public, but spent all his time in the farmhouse, which was guarded at each door by fierce-looking dogs. When he did emerge, it was in a ceremonial manner, with an escort of six dogs who closely surrounded him and growled if anyone came too near. Frequently he did not even appear on Sunday mornings, but issued his orders through one of the other pigs, usually Squealer.

One Sunday morning Squealer announced that the hens, who had just come in to lay again, must surrender their eggs. Napoleon had accepted, through Whymper, a contract for four hundred eggs a week. The price of these would pay for enough grain and meal to keep the farm going till summer came on and conditions were easier.

When the hens heard this, they raised a terrible outcry. They had been warned earlier that this sacrifice might be necessary, but had not believed that it would really happen. They were just getting their clutches ready for the spring sitting, and they protested that to take the eggs away now was murder. For the first time since the expulsion of Jones, there was something resembling a rebellion. Led by three young Black Minorca pullets, the hens made a determined effort to thwart Napoleon's wishes. Their method was to fly up to the rafters and there lay their eggs, which smashed to pieces on the floor. Napoleon acted swiftly and ruthlessly. He ordered the hens' rations to be stopped, and decreed that any animal giving so much as a grain of corn to a hen should be punished by death. The dogs saw to it that these orders were carried out. For five days the hens held out, then they capitulated and went back to their nesting boxes. Nine hens had died in the meantime. Their bodies were buried in the orchard, and it was given out that they had died of coccidiosis. Whymper heard nothing of this affair, and the eggs were duly delivered, a grocer's van driving up to the farm once a week to take them away.

All this while no more had been seen of Snowball. He was rumoured to be hiding on one of the neighbouring farms, either Foxwood or Pinchfield. Napoleon was by this time on slightly better terms with the other farmers than before. It happened that there was in the yard a pile of timber which had been stacked there ten years earlier when a beech spinney was cleared. It was well seasoned, and Whymper had advised Napoleon to sell it; both Mr. Pilkington and Mr. Frederick were anxious to buy it. Napoleon was hesitating between the two, unable to make up his mind. It was noticed that whenever he seemed on the point of coming to an agreement with Frederick, Snowball was declared to be in hiding at Foxwood, while, when he inclined toward Pilkington, Snowball was said to be at Pinchfield.

Suddenly, early in the spring, an alarming thing was discovered. Snowball was secretly frequenting the farm by night! The animals were so disturbed that they could hardly sleep in their stalls. Every night, it was said, he came creeping in under cover of darkness and performed all kinds of mischief. He stole the corn, he upset the milk-pails, he broke the eggs, he trampled the seedbeds, he gnawed the bark off the fruit trees. Whenever anything went wrong it became usual to attribute it to Snowball. If a window was broken or a drain was blocked up, someone was certain to say that Snowball had come in the night and done it, and when the key of the store-shed was lost, the whole farm was convinced that Snowball had thrown it down the well. Curiously enough, they went on believing this even after the mislaid key was found under a sack of meal. The cows declared unanimously that Snowball crept into their stalls and milked them in their sleep. The rats, which had been troublesome that winter, were also said to be in league with Snowball.

Napoleon decreed that there should be a full investigation into Snowball's activities. With his dogs in attendance he set out and made a careful tour of inspection of the farm buildings, the other animals following at a respectful distance. At every few steps Napoleon stopped and snuffed the ground for traces of Snowball's footsteps, which, he said, he could detect by the smell. He snuffed in every corner, in the barn, in the cow-shed, in the henhouses, in the vegetable garden, and found traces of Snowball almost everywhere. He would put his snout to the ground, give several deep sniffs, ad exclaim in a terrible voice, "Snowball! He has been here! I can smell him distinctly!" and at the word "Snowball" all the dogs let out blood-curdling growls and showed their side teeth.

The animals were thoroughly frightened. It seemed to them as though Snowball were some kind of invisible influence, pervading the air about them and menacing them with all kinds of dangers. In the evening Squealer called them together, and with an alarmed expression on his face told them that he had some serious news to report.

"Comrades!" cried Squealer, making little nervous skips, "a most terrible thing has been discovered. Snowball has sold himself to Frederick of Pinchfield Farm, who is even now plotting to attack us and take our farm away from us! Snowball is to act as his guide when the attack begins. But there is worse than that. We had thought that Snowball's rebellion was caused simply by his vanity and ambition. But we were wrong, comrades. Do you know what the real reason was? Snowball was in league with Jones from the very start! He was Jones's secret agent all the time. It has all been proved by documents which he left behind him and which we have only just discovered. To my mind this explains a great deal, comrades. Did we not see for ourselves how he attempted — fortunately without success — to get us defeated and destroyed at the Battle of the Cowshed?"

The animals were stupefied. This was a wickedness far outdoing Snowball's destruction of the windmill. But it was some minutes before they could fully take it in. They all remembered, or thought they remembered, how they had seen Snowball charging ahead of them at the Battle of the Cowshed, how he had rallied and encouraged them at every turn, and how he had not paused for an instant even when the pellets from Jones's gun had wounded his back. At first it was a little difficult to see how this fitted in with his being on Jones's side. Even Boxer, who seldom asked questions, was puzzled. He lay down, tucked his fore hoofs beneath him, shut his eyes, and with a hard effort managed to formulate his thoughts.

"I do not believe that," he said. "Snowball fought bravely at the Battle of the Cowshed. I saw him myself. Did we not give him 'Animal Hero, first Class,' immediately afterwards?"

"That was our mistake, comrade. For we know now — it is all written down in the secret documents that we have found — that in reality he was trying to lure us to our doom."

"But he was wounded," said Boxer. "We all saw him running with blood."

"That was part of the arrangement!" cried Squealer. "Jones's shot only grazed him. I could show you this in his own writing, if you were able to read it. The plot was for Snowball, at the critical moment, to give the signal for flight and leave the field to the enemy. And he very nearly succeeded — I will even say, comrades, he WOULD have succeeded if it had not been for our heroic Leader, Comrade Napoleon. Do you not remember how, just at the moment when Jones and his men had got inside the yard, Snowball suddenly turned and fled, and many animals followed him? And do you not remember, too, that it was just at that moment, when panic was spreading and all seemed lost, that Comrade Napoleon sprang forward with a cry of 'Death to Humanity!' and sank his teeth in Jones's leg? Surely you remember THAT, comrades?" exclaimed Squealer, frisking from side to side.

Now when Squealer described the scene so graphically, it seemed to the animals that they did remember it. At any rate, they remembered that at the critical moment of the battle Snowball had turned to flee. But Boxer was still a little uneasy.

"I do not believe that Snowball was a traitor at the beginning," he said finally. "What he has done since is different. But I believe that at the Battle of the Cowshed he was a good comrade."

"Our Leader, Comrade Napoleon," announced Squealer, speaking very slowly and firmly, "has stated categorically — categorically, comrade — that Snowball was Jones's agent from the very beginning — yes, and from long before the Rebellion was ever thought of."

"Ah, that is different!" said Boxer. "If Comrade Napoleon says it, it must be right."

"That is the true spirit, comrade!" cried Squealer, but it was noticed he cast a very ugly look at Boxer with his little twinkling eyes. He turned to go, then paused and added impressively: "I warn every animal on this farm to keep his eyes very wide open. For we have reason to think that some of Snowball's secret agents are lurking among us at this moment!"

Four days later, in the late afternoon, Napoleon ordered all the animals to assemble in the yard. When they were all gathered together, Napoleon emerged from the farmhouse, wearing both his medals (for he had recently awarded himself "Animal Hero, First Class", and "Animal Hero, Second Class"), with his nine huge dogs frisking round him and uttering growls that sent shivers down all the animals' spines. They all cowered silently in their places, seeming to know in advance that some terrible thing was about to happen.

Napoleon stood sternly surveying his audience; then he uttered a high-pitched whimper. Immediately the dogs bounded forward, seized four of the pigs by the ear and dragged them, squealing with pain and terror, to Napoleon's feet. The pigs' ears were bleeding, the dogs had tasted blood, and for a few moments they appeared to go quite mad. To the amazement of everybody, three of them flung themselves upon Boxer. Boxer saw them coming and put out his great hoof, caught a dog in mid-air, and pinned him to the ground. The dog shrieked for mercy and the other two fled with their tails between their legs. Boxer looked at Napoleon to know whether he should crush the dog to death or let it go. Napoleon appeared to change countenance, and sharply ordered Boxer to let the dog go, whereat Boxer lifted his hoof, and the dog slunk away, bruised and howling.

Presently the tumult died down. The four pigs waited, trembling, with guilt written on every line of their countenances. Napoleon now called upon them to confess their crimes. They were the same four pigs as had protested when Napoleon abolished the Sunday Meetings. Without any further prompting they confessed that they had been secretly in touch with Snowball ever since his expulsion, that they had collaborated with him in destroying the windmill, and that they had entered into an agreement with him to hand over Animal Farm to Mr. Frederick. They added that Snowball had privately admitted to them that he had been Jones's secret agent for years past. When they had finished their confession, the dogs promptly tore their throats out, and in a terrible voice Napoleon demanded whether any other animal had anything to confess.

The three hens who had been the ringleaders in the attempted rebellion over the eggs now came forward and stated that Snowball had appeared to them in a dream and incited them to disobey Napoleon's orders. They, too, were slaughtered. Then a goose came forward and confessed to having secreted six ears of corn during the last year's harvest and eaten them in the night. Then a sheep confessed to having urinated in the drinking pool — urged to do this, so she said, by Snowball — and two other sheep confessed to having murdered an old ram, an especially devoted follower of Napoleon, by chasing him round and round a bonfire when he was suffering from a cough. They were all slain on the spot. And so the tale of confessions and executions went on, until there was a pile of corpses lying before Napoleon's feet and the air was heavy with the smell of blood, which had been unknown there since the expulsion of Jones.

When it was all over, the remaining animals, except for the pigs and dogs, crept away in a body. They were shaken and miserable. They did not know which was more shocking — the treachery of the animals who had leagued themselves with Snowball, or the cruel retribution they had just witnessed. In the old days there had often been scenes of bloodshed equally terrible, but it seemed to all of them that it was far worse now that it was happening among themselves. Since Jones had left the farm, until today, no animal had killed another animal. Not even a rat had been killed. They had made their way on to the little knoll where the half-finished windmill stood, and with one accord they all lay down as though huddling together for warmth — Clover, Muriel, Benjamin, the cows, the sheep, and a whole flock of geese and hens — everyone, indeed, except the cat, who had suddenly disappeared just before Napoleon ordered the animals to assemble. For some time nobody spoke. Only

Boxer remained on his feet. He fidgeted to and fro, swishing his long black tail against his sides and occasionally uttering a little whinny of surprise. Finally he said:

"I do not understand it. I would not have believed that such things could happen on our farm. It must be due to some fault in ourselves. The solution, as I see it, is to work harder. From now onwards I shall get up a full hour earlier in the mornings."

And he moved off at his lumbering trot and made for the quarry. Having got there, he collected two successive loads of stone and dragged them down to the windmill before retiring for the night.

The animals huddled about Clover, not speaking. The knoll where they were lying gave them a wide prospect across the countryside. Most of Animal Farm was within their view — the long pasture stretching down to the main road, the hayfield, the spinney, the drinking pool, the ploughed fields where the young wheat was thick and green, and the red roofs of the farm buildings with the smoke curling from the chimneys. It was a clear spring evening. The grass and the bursting hedges were gilded by the level rays of the sun. Never had the farm — and with a kind of surprise they remembered that it was their own farm, every inch of it their own property — appeared to the animals so desirable a place. As Clover looked down the hillside her eyes filled with tears. If she could have spoken her thoughts, it would have been to say that this was not what they had aimed at when they had set themselves years ago to work for the overthrow of the human race. These scenes of terror and slaughter were not what they had looked forward to on that night when old Major first stirred them to rebellion. If she herself had had any picture of the future, it had been of a society of animals set free from hunger and the whip, all equal, each working according to his capacity, the strong protecting the weak, as she had protected the lost brood of ducklings with her foreleg on the night of Major's speech. Instead — she did not know why — they had come to a time when no one dared speak his mind, when fierce, growling dogs roamed everywhere, and when you had to watch your comrades torn to pieces after confessing to shocking crimes. There was no thought of rebellion or disobedience in her mind. She knew that, even as things were, they were far better off than they had been in the days of Jones, and that before all else it was needful to prevent the return of the human beings. Whatever happened she would remain faithful, work hard, carry out the orders that were given to her, and accept the leadership of Napoleon. But still, it was not for this that she and all the other animals had hoped and toiled. It was not for this that they had built the windmill and faced the bullets of Jones's gun. Such were her thoughts, though she lacked the words to express them.

At last, feeling this to be in some way a substitute for the words she was unable to find, she began to sing 'Beasts of England'. The other animals sitting round her took it up, and they sang it three times over — very tunefully, but slowly and mournfully, in a way they had never sung it before.

They had just finished singing it for the third time when Squealer, attended by two dogs, approached them with the air of having something important to say. He announced that, by a special decree of Comrade Napoleon, 'Beasts of England' had been abolished. From now onwards it was forbidden to sing it.

The animals were taken aback.

"Why?" cried Muriel.

"It's no longer needed, comrade," said Squealer stiffly. "'Beasts of England' was the song of the Rebellion. But the Rebellion is now completed. The execution of the traitors this afternoon was the final act. The enemy both external and internal has been defeated. In 'Beasts of

188

England' we expressed our longing for a better society in days to come. But that society has now been established. Clearly this song has no longer any purpose."

Frightened though they were, some of the animals might possibly have protested, but at this moment the sheep set up their usual bleating of "Four legs good, two legs bad," which went on for several minutes and put an end to the discussion.

So 'Beasts of England' was heard no more. In its place Minimus, the poet, had composed another song which began:

> *Animal Farm, Animal Farm,*
> *Never through me shalt thou come to harm!*

and this was sung every Sunday morning after the hoisting of the flag. But somehow neither the words nor the tune ever seemed to the animals to come up to 'Beasts of England'.

CHAPTER VIII

A few days later, when the terror caused by the executions had died down, some of the animals remembered — or thought they remembered — that the Sixth Commandment decreed "No animal shall kill any other animal." And though no one cared to mention it in the hearing of the pigs or the dogs, it was felt that the killings which had taken place did not square with this. Clover asked Benjamin to read her the Sixth Commandment, and when Benjamin, as usual, said that he refused to meddle in such matters, she fetched Muriel. Muriel read the Commandment for her. It ran: "No animal shall kill any other animal WITHOUT CAUSE." Somehow or other, the last two words had slipped out of the animals' memory. But they saw now that the Commandment had not been violated; for clearly there was good reason for killing the traitors who had leagued themselves with Snowball.

Throughout the year the animals worked even harder than they had worked in the previous year. To rebuild the windmill, with walls twice as thick as before, and to finish it by the appointed date, together with the regular work of the farm, was a tremendous labour. There were times when it seemed to the animals that they worked longer hours and fed no better than they had done in Jones's day. On Sunday mornings Squealer, holding down a long strip of paper with his trotter, would read out to them lists of figures proving that the production of every class of foodstuff had increased by two hundred per cent, three hundred per cent, or five hundred per cent, as the case might be. The animals saw no reason to disbelieve him, especially as they could no longer remember very clearly what conditions had been like before the Rebellion. All the same, there were days when they felt that they would sooner have had less figures and more food.

All orders were now issued through Squealer or one of the other pigs. Napoleon himself was not seen in public as often as once in a fortnight. When he did appear, he was attended not only by his retinue of dogs but by a black cockerel who marched in front of him and acted as a kind of trumpeter, letting out a loud "cock-a-doodle-doo" before Napoleon spoke. Even in the farmhouse, it was said, Napoleon inhabited separate apartments from the others. He took his meals alone, with two dogs to wait upon him, and always ate from the Crown Derby dinner service which had been in the glass cupboard in the drawing-room. It was also announced that the gun would be fired every year on Napoleon's birthday, as well as on the other two anniversaries.

Napoleon was now never spoken of simply as "Napoleon." He was always referred to in formal style as "our Leader, Comrade Napoleon," and this pigs liked to invent for him such titles as Father of All Animals, Terror of Mankind, Protector of the Sheep-fold, Ducklings' Friend, and the like. In his speeches, Squealer would talk with the tears rolling down his cheeks of Napoleon's wisdom the goodness of his heart, and the deep love he bore to all animals everywhere, even and especially the unhappy animals who still lived in ignorance and slavery on other farms. It had become usual to give Napoleon the credit for every successful achievement and every stroke of good fortune. You would often hear one hen remark to another, "Under the guidance of our Leader, Comrade Napoleon, I have laid five eggs in six days"; or two cows, enjoying a drink at the pool, would exclaim, "Thanks to the leadership of Comrade Napoleon, how excellent this water tastes!" The general feeling on the farm was well expressed in a poem entitled Comrade Napoleon, which was composed by Minimus and which ran as follows:

> *Friend of fatherless!*
> *Fountain of happiness!*
> *Lord of the swill-bucket! Oh, how my soul is on*
> *Fire when I gaze at thy*
> *Calm and commanding eye,*
> *Like the sun in the sky,*
> *Comrade Napoleon!*
>
> *Thou are the giver of*
> *All that thy creatures love,*
> *Full belly twice a day, clean straw to roll upon;*
> *Every beast great or small*

Sleeps at peace in his stall,
Thou watchest over all,
Comrade Napoleon!

Had I a sucking-pig,
Ere he had grown as big
Even as a pint bottle or as a rolling-pin,
He should have learned to be
Faithful and true to thee,
Yes, his first squeak should be
"Comrade Napoleon!"

Napoleon approved of this poem and caused it to be inscribed on the wall of the big barn, at the opposite end from the Seven Commandments. It was surmounted by a portrait of Napoleon, in profile, executed by Squealer in white paint.

Meanwhile, through the agency of Whymper, Napoleon was engaged in complicated negotiations with Frederick and Pilkington. The pile of timber was still unsold. Of the two, Frederick was the more anxious to get hold of it, but he would not offer a reasonable price. At the same time there were renewed rumours that Frederick and his men were plotting to attack Animal Farm and to destroy the windmill, the building of which had aroused furious jealousy in him. Snowball was known to be still skulking on Pinchfield Farm. In the middle of the summer the animals were alarmed to hear that three hens had come forward and confessed that, inspired by Snowball, they had entered into a plot to murder Napoleon. They were executed immediately, and fresh precautions for Napoleon's safety were taken. Four dogs guarded his bed at night, one at each corner, and a young pig named Pinkeye was given the task of tasting all his food before he ate it, lest it should be poisoned.

At about the same time it was given out that Napoleon had arranged to sell the pile of timber to Mr. Pilkington; he was also going to enter into a regular agreement for the exchange of certain products between Animal Farm and Foxwood. The relations between Napoleon and Pilkington, though they were only conducted through Whymper, were now almost friendly. The animals distrusted Pilkington, as a human being, but greatly preferred him to Frederick, whom they both feared and hated. As the summer wore on, and the windmill neared completion, the rumours of an impending treacherous attack grew stronger and stronger. Frederick, it was said, intended to bring against them twenty men all armed with guns, and he had already bribed the magistrates and police, so that if he could once get hold of the title-deeds of Animal Farm they would ask no questions. Moreover, terrible stories were leaking out from Pinchfield about the cruelties that Frederick practised upon his animals. He had flogged an old horse to death, he starved his cows, he had killed a dog by throwing it into the furnace, he amused himself in the evenings by making cocks fight with splinters of razor-blade tied to their spurs. The animals' blood boiled with rage when they heard of these things beingdone to their comrades, and sometimes they clamoured to be allowed to go out in a body and attack Pinchfield Farm, drive out the humans, and set the animals free. But Squealer counselled them to avoid rash actions and trust in Comrade Napoleon's strategy.

Nevertheless, feeling against Frederick continued to run high. One Sunday morning Napoleon appeared in the barn and explained that he had never at any time contemplated selling the pile of timber to Frederick; he considered it beneath his dignity, he said, to have dealings with scoundrels of that description. The pigeons who were still sent out to spread tidings of the Rebellion were forbidden to set foot anywhere on

Foxwood, and were also ordered to drop their former slogan of "Death to Humanity" in favour of "Death to Frederick." In the late summer yet another of Snowball's machinations was laid bare. The wheat crop was full of weeds, and it was discovered that on one of his nocturnal visits Snowball had mixed weed seeds with the seed corn. A gander who had been privy to the plot had confessed his guilt to Squealer and immediately committed suicide by swallowing deadly nightshade berries. The animals now also learned that Snowball had never — as many of them had believed hitherto — received the order of "Animal Hero, First Class." This was merely a legend which had been spread some time after the Battle of the Cowshed by Snowball himself. So far from being decorated, he had been censured for showing cowardice in the battle. Once again some of the animals heard this with a certain bewilderment, but Squealer was soon able to convince them that their memories had been at fault.

In the autumn, by a tremendous, exhausting effort — for the harvest had to be gathered at almost the same time — the windmill was finished. The machinery had still to be installed, and Whymper was negotiating the purchase of it, but the structure was completed. In the teeth of every difficulty, in spite of inexperience, of primitive implements, of bad luck and of Snowball's treachery, the work had been finished punctually to the very day! Tired out but proud, the animals walked round and round their masterpiece, which appeared even more beautiful in their eyes than when it had been built the first time. Moreover, the walls were twice as thick as before. Nothing short of explosives would lay them low this time! And when they thought of how they had laboured, what discouragements they had overcome, and the enormous difference that would be made in their lives when the sails were turning and the dynamos running — when they thought of all this, their tiredness forsook them and they gambolled round and round the windmill, uttering cries of triumph. Napoleon himself, attended by his dogs and his cockerel, came down to inspect the completed work; he personally congratulated the animals on their achievement, and announced that the mill would be named Napoleon Mill.

Two days later the animals were called together for a special meeting in the barn. They were struck dumb with surprise when Napoleon announced that he had sold the pile of timber to Frederick. Tomorrow Frederick's wagons would arrive and begin carting it away. Throughout the whole period of his seeming friendship with Pilkington, Napoleon had really been in secret agreement with Frederick.

All relations with Foxwood had been broken off; insulting messages had been sent to Pilkington. The pigeons had been told to avoid Pinchfield Farm and to alter their slogan from "Death to Frederick" to "Death to Pilkington." At the same time Napoleon assured the animals that the stories of an impending attack on Animal Farm were completely untrue, and that the tales about Frederick's cruelty to his own animals had been greatly exaggerated. All these rumours had probably originated with Snowball and his agents. It now appeared that Snowball was not, after all, hiding on Pinchfield Farm, and in fact had never been there in his life: he was living — in considerable luxury, so it was said — at Foxwood, and had in reality been a pensioner of Pilkington for years past.

The pigs were in ecstasies over Napoleon's cunning. By seeming to be friendly with Pilkington he had forced Frederick to raise his price by twelve pounds. But the superior quality of Napoleon's mind, said Squealer, was shown in the fact that he trusted nobody, not even Frederick. Frederick had wanted to pay for the timber with something called a cheque, which, it seemed, was a piece of paper with a promise to pay written upon it. But Napoleon was too clever for him. He had demanded payment in real five-pound notes, which were to be handed over before the timber was removed. Already Frederick had paid up; and the sum he had paid was just enough to buy the machinery for the windmill.

Meanwhile the timber was being carted away at high speed. When it was all gone, another special meeting was held in the barn for the animals to inspect Frederick's bank-notes. Smiling beatifically, and wearing both his decorations, Napoleon reposed on a bed of straw on the platform, with the money at his side, neatly piled on a china dish from the farmhouse kitchen. The animals filed slowly past, and each gazed his fill. And Boxer put out his nose to sniff at the bank-notes, and the flimsy white things stirred and rustled in his breath.

Three days later there was a terrible hullabaloo. Whymper, his face deadly pale, came racing up the path on his bicycle, flung it down in the yard and rushed straight into the farmhouse. The next moment a choking roar of rage sounded from Napoleon's apartments. The news of what had happened sped round the farm like wildfire. The banknotes were forgeries! Frederick had got the timber for nothing!

Napoleon called the animals together immediately and in a terrible voice pronounced the death sentence upon Frederick. When captured, he said, Frederick should be boiled alive. At the same time he warned them that after this treacherous deed the worst was to be expected. Frederick and his men might make their long-expected attack at any moment. Sentinels were placed at all the approaches to the farm. In addition, four pigeons were sent to Foxwood with a conciliatory message, which it was hoped might re-establish good relations with Pilkington.

The very next morning the attack came. The animals were at breakfast when the look-outs came racing in with the news that Frederick and his followers had already come through the five-barred gate. Boldly enough the animals sallied forth to meet them, but this time they did not have the easy victory that they had had in the Battle of the Cowshed. There were fifteen men, with half a dozen guns between them, and they opened fire as soon as they got within fifty yards. The animals could not face the terrible explosions and the stinging pellets, and in spite of the efforts of Napoleon and Boxer to rally them, they were soon driven back. A number of them were already wounded. They took refuge in the farm buildings and peeped cautiously out from chinks and knot-holes. The whole of the big pasture, including the windmill, was in the hands of the enemy. For the moment even Napoleon seemed at a loss. He paced up and down without a word, his tail rigid and twitching. Wistful glances were sent in the direction of Foxwood. If Pilkington and his men would help them, the day might yet be won. But at this moment the four pigeons, who had been sent out on the day before, returned, one of them bearing a scrap of paper from Pilkington. On it was pencilled the words: "Serves you right."

Meanwhile Frederick and his men had halted about the windmill. The animals watched them, and a murmur of dismay went round. Two of the men had produced a crowbar and a sledge hammer. They were going to knock the windmill down.

"Impossible!" cried Napoleon. "We have built the walls far too thick for that. They could not knock it down in a week. Courage, comrades!"

But Benjamin was watching the movements of the men intently. The two with the hammer and the crowbar were drilling a hole near the base of the windmill. Slowly, and with an air almost of amusement, Benjamin nodded his long muzzle.

"I thought so," he said. "Do you not see what they are doing? In another moment they are going to pack blasting powder into that hole."

Terrified, the animals waited. It was impossible now to venture out of the shelter of the buildings. After a few minutes the men were seen to be running in all directions. Then there was a deafening roar. The pigeons swirled into the air, and all the animals, except Napoleon, flung themselves flat on their bellies and hid their faces. When they got up again, a huge cloud of black smoke was hanging where the windmill had been. Slowly the breeze drifted it away. The windmill had ceased to exist!

At this sight the animals' courage returned to them. The fear and despair they had felt a moment earlier were drowned in their rage against this vile, contemptible act. A mighty cry for vengeance went up, and without waiting for further orders they charged forth in a body and made straight for the enemy. This time they did not heed the cruel pellets that swept over them like hail. It was a savage, bitter battle. The men fired again and again, and, when the animals got to close quarters, lashed out with their sticks and their heavy boots. A cow, three sheep, and two geese were killed, and nearly everyone was wounded. Even Napoleon, who was directing operations from the rear, had the tip of his tail chipped by a pellet. But the men did not go unscathed either. Three of them had their heads broken by blows from Boxer's hoofs; another was gored in the belly by a cow's horn; another had his trousers nearly torn off by Jessie and Bluebell. And when the nine dogs of Napoleon's own bodyguard, whom he had instructed to make a detour under cover of the hedge, suddenly appeared on the men's flank, baying ferociously, panic overtook them. They saw that they were in danger of being surrounded. Frederick shouted to his men to get out while the going was good, and the next moment the cowardly enemy was running for dear life. The animals chased them right down to the bottom of the field, and got in some last kicks at them as they forced their way through the thorn hedge.

They had won, but they were weary and bleeding. Slowly they began to limp back towards the farm. The sight of their dead comrades stretched upon the grass moved some of them to tears. And for a little while they halted in sorrowful silence at the place where the windmill had once stood. Yes, it was gone; almost the last trace of their labour was gone! Even the foundations were partially destroyed. And in rebuilding it they could not this time, as before, make use of the fallen stones. This time the stones had vanished too. The force of the explosion had flung them to distances of hundreds of yards. It was as though the windmill had never been.

As they approached the farm Squealer, who had unaccountably been absent during the fighting, came skipping towards them, whisking his tail and beaming with satisfaction. And the animals heard, from the direction of the farm buildings, the solemn booming of a gun.

"What is that gun firing for?" said Boxer.

"To celebrate our victory!" cried Squealer.

"What victory?" said Boxer. His knees were bleeding, he had lost a shoe and split his hoof, and a dozen pellets had lodged themselves in his hind leg.

"What victory, comrade? Have we not driven the enemy off our soil — the sacred soil of Animal Farm?"

"But they have destroyed the windmill. And we had worked on it for two years!"

"What matter? We will build another windmill. We will build six windmills if we feel like it. You do not appreciate, comrade, the mighty thing that we have done. The enemy was in occupation of this very ground that we stand upon. And now — thanks to the leadership of Comrade Napoleon — we have won every inch of it back again!"

"Then we have won back what we had before," said Boxer.

"That is our victory," said Squealer.

They limped into the yard. The pellets under the skin of Boxer's leg smarted painfully. He saw ahead of him the heavy labour of rebuilding the windmill from the foundations, and already in imagination he braced himself for the task. But for the first time it occurred to him that he was eleven years old and that perhaps his great muscles were not quite what they had once been.

But when the animals saw the green flag flying, and heard the gun firing again — seven times it was fired in all — and heard the speech that Napoleon made, congratulating them on their conduct, it did seem to them after all that they had won a great victory. The animals slain in the battle were given a solemn funeral. Boxer and Clover pulled the wagon which served as a hearse, and Napoleon himself walked at the head of the procession. Two whole days were given over to celebrations. There were songs, speeches, and more firing of the gun, and a special gift of an apple was bestowed on every animal, with two ounces of corn for each bird and three biscuits for each dog. It was announced that the battle would be called the Battle of the Windmill, and that Napoleon had created a new decoration, the Order of the Green Banner, which he had conferred upon himself. In the general rejoicings the unfortunate affair of the banknotes was forgotten.

It was a few days later than this that the pigs came upon a case of whisky in the cellars of the farmhouse. It had been overlooked at the time when the house was first occupied. That night there came from the farmhouse the sound of loud singing, in which, to everyone's surprise, the strains of 'Beasts of England' were mixed up. At about half past nine Napoleon, wearing an old bowler hat of Mr. Jones's, was distinctly seen to emerge from the back door, gallop rapidly round the yard, and disappear indoors again. But in the morning a deep silence hung over the farmhouse. Not a pig appeared to be stirring. It was nearly nine o'clock when Squealer made his appearance, walking slowly and dejectedly, his eyes dull, his tail hanging limply behind him, and with every appearance of being seriously ill. He called the animals together and told them that he had a terrible piece of news to impart. Comrade Napoleon was dying!

A cry of lamentation went up. Straw was laid down outside the doors of the farmhouse, and the animals walked on tiptoe. With tears in their eyes they asked one another what they should do if their Leader were taken away from them. A rumour went round that Snowball had after all contrived to introduce poison into Napoleon's food. At eleven o'clock Squealer came out to make another announcement. As his last act upon earth, Comrade Napoleon had pronounced a solemn decree: the drinking of alcohol was to be punished by death.

By the evening, however, Napoleon appeared to be somewhat better, and the following morning Squealer was able to tell them that he was well on the way to recovery. By the evening of that day Napoleon was back at work, and on the next day it was learned that he had instructed Whymper to purchase in Willingdon some booklets on brewing and distilling. A week later Napoleon gave orders that the small paddock beyond the orchard, which it had previously been intended to set aside as a grazing-ground for animals who were past work, was to be ploughed up. It was given out that the pasture was exhausted and needed re-seeding; but it soon became known that Napoleon intended to sow it with barley.

About this time there occurred a strange incident which hardly anyone was able to understand. One night at about twelve o'clock there was a loud crash in the yard, and the animals rushed out of their stalls. It was a moonlit night. At the foot of the end wall of the big barn, where the Seven Commandments were written, there lay a ladder broken in two pieces. Squealer, temporarily stunned, was sprawling beside it, and near at hand there lay a lantern, a paint-brush, and an overturned pot of white paint. The dogs immediately made a ring round Squealer, and escorted him back to the farmhouse as soon as he was able to walk. None of the animals could form any idea as to what this meant, except old Benjamin, who nodded his muzzle with a knowing air, and seemed to understand, but would say nothing.

But a few days later Muriel, reading over the Seven Commandments to herself, noticed that there was yet another of them which the animals had remembered wrong. They had thought the Fifth Commandment was "No animal shall drink alcohol," but there were two words that they had forgotten. Actually the Commandment read: "No animal shall drink alcohol TO EXCESS."

CHAPTER IX

Boxer's split hoof was a long time in healing. They had started the rebuilding of the windmill the day after the victory celebrations were ended. Boxer refused to take even a day off work, and made it a point of honour not to let it be seen that he was in pain. In the evenings he would admit privately to Clover that the hoof troubled him a great deal. Clover treated the hoof with poultices of herbs which she prepared by chewing them, and both she and Benjamin urged Boxer to work less hard. "A horse's lungs do not last for ever," she said to him. But Boxer would not listen. He had, he said, only one real ambition left — to see the windmill well under way before he reached the age for retirement.

At the beginning, when the laws of Animal Farm were first formulated, the retiring age had been fixed for horses and pigs at twelve, for cows at fourteen, for dogs at nine, for sheep at seven, and for hens and geese at five. Liberal old-age pensions had been agreed upon. As yet no animal had actually retired on pension, but of late the subject had been discussed more and more. Now that the small field beyond the orchard had been set aside for barley, it was rumoured that a corner of the large pasture was to be fenced off and turned into a grazing-ground for superannuated animals. For a horse, it was said, the pension would be five pounds of corn a day and, in winter, fifteen pounds of hay, with a carrot or possibly an apple on public holidays. Boxer's twelfth birthday was due in the late summer of the following year.

Meanwhile life was hard. The winter was as cold as the last one had been, and food was even shorter. Once again all rations were reduced, except those of the pigs and the dogs. A too rigid equality in rations, Squealer explained, would have been contrary to the principles of Animalism. In any case he had no difficulty in proving to the other animals that they were NOT in reality short of food, whatever the appearances might be. For the time being, certainly, it had been found necessary to make a readjustment of rations (Squealer always spoke of it as a "readjustment," never as a "reduction"), but in comparison with the days of Jones, the improvement was enormous. Reading out the figures in a shrill, rapid voice, he proved to them in detail that they had more oats, more hay, more turnips than they had had in Jones's day, that they worked shorter hours, that their drinking water was of better quality, that they lived longer, that a larger proportion of their young ones survived infancy, and that they had more straw in their stalls and suffered less from fleas. The animals believed every word of it. Truth to tell, Jones and all he stood for had almost faded out of their memories. They knew that life nowadays was harsh and bare, that they were often hungry and often cold, and that they were usually working when they were not asleep. But doubtless it had been worse in the old days. They were glad to believe so. Besides, in those days they had been slaves and now they were free, and that made all the difference, as Squealer did not fail to point out.

There were many more mouths to feed now. In the autumn the four sows had all littered about simultaneously, producing thirty-one young pigs between them. The young pigs were piebald, and as Napoleon was the only boar on the farm, it was possible to guess at their parentage. It was announced that later, when bricks and timber had been purchased, a schoolroom would be built in the farmhouse garden. For the time being, the young pigs were given their instruction by Napoleon himself in the farmhouse kitchen. They took their exercise in the garden, and were discouraged from playing with the other young animals. About this time, too, it was laid down as a rule that when a pig and any other animal met on the path, the other animal must stand aside: and also that all pigs, of whatever degree, were to have the privilege of wearing green ribbons on their tails on Sundays.

The farm had had a fairly successful year, but was still short of money. There were the bricks, sand, and lime for the schoolroom to be purchased, and it would also be necessary to begin saving up again for the machinery for the windmill. Then there were lamp oil and candles for the house, sugar for Napoleon's own table (he forbade this to the other pigs, on the ground that it made them fat), and all the usual replacements such as tools, nails, string, coal, wire, scrap-iron, and dog biscuits. A stump of hay and part of the potato crop were sold off, and the contract for eggs was increased to six hundred a week, so that that year the hens barely hatched enough chicks to keep their numbers at the same level. Rations, reduced in December, were reduced again in February, and lanterns in the stalls were forbidden to save oil. But the pigs seemed comfortable enough, and in fact were putting on weight if anything. One afternoon in late February a warm, rich, appetising scent, such as the animals had never smelt before, wafted itself across the yard from the little brew-house, which had been disused in Jones's time, and which stood beyond the kitchen. Someone said it was the smell of cooking barley. The animals sniffed the air hungrily and wondered whether a warm mash was being prepared for their supper. But no warm mash appeared, and on the following Sunday it was announced that from now onwards all barley would be reserved for the pigs. The field beyond the orchard had already been sown with barley. And the news soon leaked out that every pig was now receiving a ration of a pint of beer daily, with half a gallon for Napoleon himself, which was always served to him in the Crown Derby soup tureen.

But if there were hardships to be borne, they were partly offset by the fact that life nowadays had a greater dignity than it had had before. There were more songs, more speeches, more processions. Napoleon had commanded that once a week there should be held something called a Spontaneous Demonstration, the object of which was to celebrate the struggles and triumphs of Animal Farm. At the appointed time the animals would leave their work and march round the precincts of the farm in military formation, with the pigs leading, then the horses, then the cows, then the sheep, and then the poultry. The dogs flanked the procession and at the head of all marched Napoleon's black cockerel. Boxer and Clover always carried between them a green banner marked with the hoof and the horn and the caption, "Long live Comrade Napoleon!" Afterwards there were recitations of poems composed in Napoleon's honour, and a speech by Squealer giving particulars of the latest increases in the production of foodstuffs, and on occasion a shot was fired from the gun. The sheep were the greatest devotees of the Spontaneous Demonstration, and if anyone complained (as a few animals sometimes did, when no pigs or dogs were near) that they wasted time and meant a lot of standing about in the cold, the sheep were sure to silence him with a tremendous bleating of "Four legs good, two legs bad!" But by and large the animals enjoyed these celebrations. They found it comforting to be reminded that, after all, they were truly their own masters and that the work they did was for their own benefit. So that, what with the songs, the processions, Squealer's lists of figures, the thunder of the gun, the crowing of the cockerel, and the fluttering of the flag, they were able to forget that their bellies were empty, at least part of the time.

In April, Animal Farm was proclaimed a Republic, and it became necessary to elect a President. There was only one candidate, Napoleon, who was elected unanimously. On the same day it was given out that fresh documents had been discovered which revealed further details about Snowball's complicity with Jones. It now appeared that Snowball had not, as the animals had previously imagined, merely attempted to lose the Battle of the Cowshed by means of a stratagem, but had been openly fighting on Jones's side. In fact, it was he who had actually been the leader of the human forces, and had charged into battle with the words "Long live Humanity!" on his lips. The wounds on Snowball's back, which a few of the animals still remembered to have seen, had been inflicted by Napoleon's teeth.

In the middle of the summer Moses the raven suddenly reappeared on the farm, after an absence of several years. He was quite unchanged, still did no work, and talked in the same strain as ever about Sugarcandy Mountain. He would perch on a stump, flap his black wings, and talk by the hour to anyone who would listen. "Up there, comrades," he would say solemnly, pointing to the sky with his large beak —"up there, just on the other side of that dark cloud that you can see — there it lies, Sugarcandy Mountain, that happy country where we poor animals shall rest for ever from our labours!" He even claimed to have been there on one of his higher flights, and to have seen the everlasting fields of clover and the linseed cake and lump sugar growing on the hedges. Many of the animals believed him. Their lives now, they reasoned, were hungry and laborious; was it not right and just that a better world should exist somewhere else? A thing that was difficult to determine was the attitude of the pigs towards Moses. They all declared contemptuously that his stories about Sugarcandy Mountain were lies, and yet they allowed him to remain on the farm, not working, with an allowance of a gill of beer a day.

After his hoof had healed up, Boxer worked harder than ever. Indeed, all the animals worked like slaves that year. Apart from the regular work of the farm, and the rebuilding of the windmill, there was the schoolhouse for the young pigs, which was started in March. Sometimes the long hours on insufficient food were hard to bear, but Boxer never faltered. In nothing that he said or did was there any sign that his strength was not what it had been. It was only his appearance that was a little altered; his hide was less shiny than it had used to be, and his great haunches seemed to have shrunken. The others said, "Boxer will pick up when the spring grass comes on"; but the spring came and Boxer grew no fatter. Sometimes on the slope leading to the top of the quarry, when he braced his muscles against the weight of some vast boulder, it seemed that nothing kept him on his feet except the will to continue. At such times his lips were seen to form the words, "I will work harder"; he had no voice left. Once again Clover and Benjamin warned him to take care of his health, but Boxer paid no attention. His twelfth birthday was approaching. He did not care what happened so long as a good store of stone was accumulated before he went on pension.

Late one evening in the summer, a sudden rumour ran round the farm that something had happened to Boxer. He had gone out alone to drag a load of stone down to the windmill. And sure enough, the rumour was true. A few minutes later two pigeons came racing in with the news; "Boxer has fallen! He is lying on his side and can't get up!"

About half the animals on the farm rushed out to the knoll where the windmill stood. There lay Boxer, between the shafts of the cart, his neck stretched out, unable even to raise his head. His eyes were glazed, his sides matted with sweat. A thin stream of blood had trickled out of his mouth. Clover dropped to her knees at his side.

"Boxer!" she cried, "how are you?"

"It is my lung," said Boxer in a weak voice. "It does not matter. I think you will be able to finish the windmill without me. There is a pretty good store of stone accumulated. I had only another month to go in any case. To tell you the truth, I had been looking forward to my retirement. And perhaps, as Benjamin is growing old too, they will let him retire at the same time and be a companion to me."

"We must get help at once," said Clover. "Run, somebody, and tell Squealer what has happened."

All the other animals immediately raced back to the farmhouse to give Squealer the news. Only Clover remained, and Benjamin who lay down at Boxer's side, and, without speaking, kept the flies off him with his long tail. After about a quarter of an hour Squealer appeared, full of sympathy and concern. He said that Comrade Napoleon had learned with the very deepest distress of this misfortune to one of the most loyal workers on the farm, and was already making arrangements to send Boxer to be treated in the hospital at Willingdon. The animals felt a little uneasy at this. Except for Mollie and Snowball, no other animal had ever left the farm, and they did not like to think of their sick comrade in the hands of human beings. However, Squealer easily convinced them that the veterinary surgeon in Willingdon could treat Boxer's case more satisfactorily than could be done on the farm. And about half an hour later, when Boxer had somewhat recovered, he was with difficulty got on to his feet, and managed to limp back to his stall, where Clover and Benjamin had prepared a good bed of straw for him.

For the next two days Boxer remained in his stall. The pigs had sent out a large bottle of pink medicine which they had found in the medicine chest in the bathroom, and Clover administered it to Boxer twice a day after meals. In the evenings she lay in his stall and talked to him, while Benjamin kept the flies off him. Boxer professed not to be sorry for what had happened. If he made a good recovery, he might expect to live another three years, and he looked forward to the peaceful days that he would spend in the corner of the big pasture. It would be the first time that he had had leisure to study and improve his mind. He intended, he said, to devote the rest of his life to learning the remaining twenty-two letters of the alphabet.

However, Benjamin and Clover could only be with Boxer after working hours, and it was in the middle of the day when the van came to take him away. The animals were all at work weeding turnips under the supervision of a pig, when they were astonished to see Benjamin come galloping from the direction of the farm buildings, braying at the top of his voice. It was the first time that they had ever seen Benjamin excited — indeed, it was the first time that anyone had ever seen him gallop. "Quick, quick!" he shouted. "Come at once! They're taking Boxer away!" Without waiting for orders from the pig, the animals broke off work and raced back to the farm buildings. Sure enough, there in the yard was a large closed van, drawn by two horses, with lettering on its side and a sly-looking man in a low-crowned bowler hat sitting on the driver's seat. And Boxer's stall was empty.

The animals crowded round the van. "Good-bye, Boxer!" they

chorused, "good-bye!"

"Fools! Fools!" shouted Benjamin, prancing round them and stamping the earth with his small hoofs. "Fools! Do you not see what is written on the side of that van?"

That gave the animals pause, and there was a hush. Muriel began to spell out the words. But Benjamin pushed her aside and in the midst of a deadly silence he read:

"'Alfred Simmonds, Horse Slaughterer and Glue Boiler, Willingdon. Dealer in Hides and Bone-Meal. Kennels Supplied.' Do you not understand what that means? They are taking Boxer to the knacker's!"

A cry of horror burst from all the animals. At this moment the man on the box whipped up his horses and the van moved out of the yard at a smart trot. All the animals followed, crying out at the tops of their voices. Clover forced her way to the front. The van began to gather speed. Clover tried to stir her stout limbs to a gallop, and achieved a canter. "Boxer!" she cried. "Boxer! Boxer! Boxer!" And just at this moment, as though he had heard the uproar outside, Boxer's face, with the white stripe down his nose, appeared at the small window at the back of the van.

"Boxer!" cried Clover in a terrible voice. "Boxer! Get out! Get out quickly! They're taking you to your death!"

All the animals took up the cry of "Get out, Boxer, get out!" But the van was already gathering speed and drawing away from them. It was uncertain whether Boxer had understood what Clover had said. But a moment later his face disappeared from the window and there was the sound of a tremendous drumming of hoofs inside the van. He was trying to kick his way out. The time had been when a few kicks from Boxer's hoofs would have smashed the van to matchwood. But alas! his strength had left him; and in a few moments the sound of drumming hoofs grew fainter and died away. In desperation the animals began appealing to the two horses which drew the van to stop. "Comrades, comrades!" they shouted. "Don't take your own brother to his death! "But the stupid brutes, too ignorant to realise what was happening, merely set back their ears and quickened their pace. Boxer's face did not reappear at the window. Too late, someone thought of racing ahead and shutting the five-barred gate; but in another moment the van was through it and rapidly disappearing down the road. Boxer was never seen again.

Three days later it was announced that he had died in the hospital at Willingdon, in spite of receiving every attention a horse could have. Squealer came to announce the news to the others. He had, he said, been present during Boxer's last hours.

"It was the most affecting sight I have ever seen!" said Squealer, lifting his trotter and wiping away a tear. "I was at his bedside at the very last. And at the end, almost too weak to speak, he whispered in my ear that his sole sorrow was to have passed on before the windmill was finished. 'Forward, comrades!' he whispered. 'Forward in the name of the Rebellion. Long live Animal Farm! Long live Comrade Napoleon! Napoleon is always right.' Those were his very last words, comrades."

Here Squealer's demeanour suddenly changed. He fell silent for a moment, and his little eyes darted suspicious glances from side to side before he proceeded.

It had come to his knowledge, he said, that a foolish and wicked rumour had been circulated at the time of Boxer's removal. Some of the animals had noticed that the van which took Boxer away was marked "Horse Slaughterer," and had actually jumped to the conclusion that Boxer was being sent to the knacker's. It was almost unbelievable, said Squealer, that any animal could be so stupid. Surely, he cried indignantly, whisking his tail and skipping from side to side, surely they knew their beloved Leader, Comrade Napoleon, better than that? But the explanation was really very simple. The van had previously been the property of the knacker, and had been bought by the veterinary surgeon, who had not yet painted the old name out. That was how the mistake had arisen.

The animals were enormously relieved to hear this. And when Squealer went on to give further graphic details of Boxer's death-bed, the admirable care he had received, and the expensive medicines for which Napoleon had paid without a thought as to the cost, their last doubts disappeared and the sorrow that they felt for their comrade's death was tempered by the thought that at least he had died happy.

Napoleon himself appeared at the meeting on the following Sunday morning and pronounced a short oration in Boxer's honour. It had not been possible, he said, to bring back their lamented comrade's remains for interment on the farm, but he had ordered a large wreath to be made from the laurels in the farmhouse garden and sent down to be placed on Boxer's grave. And in a few days' time the pigs intended to hold a memorial banquet in Boxer's honour. Napoleon ended his speech with a reminder of Boxer's two favourite maxims, "I will work harder" and "Comrade Napoleon is always right"— maxims, he said, which every animal would do well to adopt as his own.

On the day appointed for the banquet, a grocer's van drove up from Willingdon and delivered a large wooden crate at the farmhouse. That night there was the sound of uproarious singing, which was followed by what sounded like a violent quarrel and ended at about eleven o'clock with a tremendous crash of glass. No one stirred in the farmhouse before noon on the following day, and the word went round that from somewhere or other the pigs had acquired the money to buy themselves another case of whisky.

CHAPTER X

Years passed. The seasons came and went, the short animal lives fled by. A time came when there was no one who remembered the old days before the Rebellion, except Clover, Benjamin, Moses the raven, and a number of the pigs.

Muriel was dead; Bluebell, Jessie, and Pincher were dead. Jones too was dead — he had died in an inebriates' home in another part of the country. Snowball was forgotten. Boxer was forgotten, except by the few who had known him. Clover was an old stout mare now, stiff in the joints and with a tendency to rheumy eyes. She was two years past the retiring age, but in fact no animal had ever actually retired. The talk of setting aside a corner of the pasture for superannuated animals had long since been dropped. Napoleon was now a mature boar of twenty-four stone. Squealer was so fat that he could with difficulty see out of his eyes. Only old Benjamin was much the same as ever, except for being a little greyer about the muzzle, and, since Boxer's death, more morose and taciturn than ever.

There were many more creatures on the farm now, though the increase was not so great as had been expected in earlier years. Many animals had been born to whom the Rebellion was only a dim tradition, passed on by word of mouth, and others had been bought who had never heard mention of such a thing before their arrival. The farm possessed three horses now besides Clover. They were fine upstanding beasts, willing workers and good comrades, but very stupid. None of them proved able to learn the alphabet beyond the letter B. They accepted everything that they were told about the Rebellion and the principles of Animalism, especially from Clover, for whom they had an almost filial respect; but it was doubtful whether they understood very much of it.

The farm was more prosperous now, and better organised: it had even been enlarged by two fields which had been bought from Mr. Pilkington. The windmill had been successfully completed at last, and the farm possessed a threshing machine and a hay elevator of its own, and various new buildings had been added to it. Whymper had bought himself a dogcart. The windmill, however, had not after all been used for generating electrical power. It was used for milling corn, and brought in a handsome money profit. The animals were hard at work building yet another windmill; when that one was finished, so it was said, the dynamos would be installed. But the luxuries of which Snowball had once taught the animals to dream, the stalls with electric light and hot and cold water, and the three-day week, were no longer talked about. Napoleon had denounced such ideas as contrary to the spirit of Animalism. The truest happiness, he said, lay in working hard and living frugally.

Somehow it seemed as though the farm had grown richer without making the animals themselves any richer-except, of course, for the pigs and the dogs. Perhaps this was partly because there were so many pigs and so many dogs. It was not that these creatures did not work, after their fashion. There was, as Squealer was never tired of explaining, endless work in the supervision and organisation of the farm. Much of this work was of a kind that the other animals were too ignorant to understand. For example, Squealer told them that the pigs had to expend enormous labours every day upon mysterious things called "files," "reports," "minutes," and "memoranda". These were large sheets of paper which had to be closely covered with writing, and as soon as they were so covered, they were burnt in the furnace. This was of the highest importance for the welfare of the farm, Squealer said. But still, neither pigs nor dogs produced any food by their own labour; and there were very many of them, and their appetites were always good.

As for the others, their life, so far as they knew, was as it had always been. They were generally hungry, they slept on straw, they drank from the pool, they laboured in the fields; in winter they were troubled by the cold, and in summer by the flies. Sometimes the older ones among them racked their dim memories and tried to determine whether in the early days of the Rebellion, when Jones's expulsion was still recent, things had been better or worse than now. They could not remember. There was nothing with which they could compare their present lives: they had nothing to go upon except Squealer's lists of figures, which invariably demonstrated that everything was getting better and better. The animals found the problem insoluble; in any case, they had little time for speculating on such things now. Only old Benjamin professed to remember every detail of his long life and to know that things never had been, nor ever could be much better or much worse — hunger, hardship, and disappointment being, so he said, the unalterable law of life.

And yet the animals never gave up hope. More, they never lost, even for an instant, their sense of honour and privilege in being members of Animal Farm. They were still the only farm in the whole county — in all England! — owned and operated by animals. Not one of them, not even the youngest, not even the newcomers who had been brought from farms ten or twenty miles away, ever ceased to marvel at that. And when they heard the gun booming and saw the green flag fluttering at the masthead, their hearts swelled with imperishable pride, and the talk turned always towards the old heroic days, the expulsion of Jones, the writing of the Seven Commandments, the great battles in which the human invaders had been defeated. None of the old dreams had been abandoned. The Republic of the Animals which Major had foretold, when the green fields of England should be untrodden by human feet, was still believed in.

215

Some day it was coming: it might not be soon, it might not be within the lifetime of any animal now living, but still it was coming. Even the tune of 'Beasts of England' was perhaps hummed secretly here and there: at any rate, it was a fact that every animal on the farm knew it, though no one would have dared to sing it aloud. It might be that their lives were hard and that not all of their hopes had been fulfilled; but they were conscious that they were not as other animals. If they went hungry, it was not from feeding tyrannical human beings; if they worked hard, at least they worked for themselves. No creature among them went upon two legs. No creature called any other creature "Master." All animals were equal.

One day in early summer Squealer ordered the sheep to follow him, and led them out to a piece of waste ground at the other end of the farm, which had become overgrown with birch saplings. The sheep spent the whole day there browsing at the leaves under Squealer's supervision. In the evening he returned to the farmhouse himself, but, as it was warm weather, told the sheep to stay where they were. It ended by their remaining there for a whole week, during which time the other animals saw nothing of them. Squealer was with them for the greater part of every day. He was, he said, teaching them to sing a new song, for which privacy was needed.

It was just after the sheep had returned, on a pleasant evening when the animals had finished work and were making their way back to the farm buildings, that the terrified neighing of a horse sounded from the yard. Startled, the animals stopped in their tracks. It was Clover's voice. She neighed again, and all the animals broke into a gallop and rushed into the yard. Then they saw what Clover had seen.

It was a pig walking on his hind legs.

Yes, it was Squealer. A little awkwardly, as though not quite used to supporting his considerable bulk in that position, but with perfect balance, he was strolling across the yard. And a moment later, out from the door of the farmhouse came a long file of pigs, all walking on their hind legs. Some did it better than others, one or two were even a trifle unsteady and looked as though they would have liked the support of a stick, but every one of them made his way right round the yard successfully. And finally there was a tremendous baying of dogs and a shrill crowing from the black cockerel, and out came Napoleon himself, majestically upright, casting haughty glances from side to side, and with his dogs gambolling round him.

He carried a whip in his trotter.

There was a deadly silence. Amazed, terrified, huddling together, the animals watched the long line of pigs march slowly round the yard. It was as though the world had turned upside-down. Then there came a moment when the first shock had worn off and when, in spite of everything-in spite of their terror of the dogs, and of the habit, developed through long years, of never complaining, never criticising, no matter what happened — they might have uttered some word of protest. But just at that moment, as though at a signal, all the sheep burst out into a tremendous bleating of —

"Four legs good, two legs BETTER! Four legs good, two legs BETTER! Four legs good, two legs BETTER!"

It went on for five minutes without stopping. And by the time the sheep had quieted down, the chance to utter any protest had passed, for the pigs had marched back into the farmhouse.

Benjamin felt a nose nuzzling at his shoulder. He looked round. It was Clover. Her old eyes looked dimmer than ever. Without saying anything, she tugged gently at his mane and led him round to the end of the big barn, where the Seven Commandments were written. For a minute or two they stood gazing at the tatted wall with its white lettering.

"My sight is failing," she said finally. "Even when I was young I could not have read what was written there. But it appears to me that that wall looks different. Are the Seven Commandments the same as they used to be, Benjamin?"

For once Benjamin consented to break his rule, and he read out to her what was written on the wall. There was nothing there now except a single Commandment. It ran:

ALL ANIMALS ARE EQUAL
BUT SOME ANIMALS ARE MORE EQUAL THAN OTHERS

After that it did not seem strange when next day the pigs who were supervising the work of the farm all carried whips in their trotters. It did not seem strange to learn that the pigs had bought themselves a wireless set, were arranging to install a telephone, and had taken out subscriptions to 'John Bull', 'Tit-Bits', and the 'Daily Mirror'. It did not seem strange when Napoleon was seen strolling in the farmhouse garden with a pipe in his mouth — no, not even when the pigs took Mr. Jones's clothes out of the wardrobes and put them on, Napoleon himself appearing in a black coat, ratcatcher breeches, and leather leggings, while his favourite sow appeared in the watered silk dress which Mrs. Jones had been used to wearing on Sundays.

A week later, in the afternoon, a number of dog-carts drove up to the farm. A deputation of neighbouring farmers had been invited to make a tour of inspection. They were shown all over the farm, and expressed great admiration for everything they saw, especially the windmill. The animals were weeding the turnip field. They worked diligently hardly raising their faces from the ground, and not knowing whether to be more frightened of the pigs or of the human visitors.

That evening loud laughter and bursts of singing came from the farmhouse. And suddenly, at the sound of the mingled voices, the animals were stricken with curiosity. What could be happening in there, now that for the first time animals and human beings were meeting on terms of equality? With one accord they began to creep as quietly as possible into the farmhouse garden.

At the gate they paused, half frightened to go on but Clover led the way in. They tiptoed up to the house, and such animals as were tall enough peered in at the dining-room window. There, round the long table, sat half a dozen farmers and half a dozen of the more eminent pigs, Napoleon himself occupying the seat of honour at the head of the table. The pigs appeared completely at ease in their chairs. The company had been enjoying a game of cards but had broken off for the moment, evidently in order to drink a toast. A large jug was circulating, and the mugs were being refilled with beer. No one noticed the wondering faces of the animals that gazed in at the window.

Mr. Pilkington, of Foxwood, had stood up, his mug in his hand. In a moment, he said, he would ask the present company to drink a toast. But before doing so, there were a few words that he felt it incumbent upon him to say.

It was a source of great satisfaction to him, he said — and, he was sure, to all others present — to feel that a long period of mistrust and misunderstanding had now come to an end. There had been a time — not that he, or any of the present company, had shared such sentiments — but there had been a time when the respected proprietors of Animal Farm had been regarded, he would not say with hostility, but perhaps with a certain measure of misgiving, by their human neighbours. Unfortunate incidents had occurred, mistaken ideas had been current.

It had been felt that the existence of a farm owned and operated by pigs was somehow abnormal and was liable to have an unsettling effect in the neighbourhood. Too many farmers had assumed, without due enquiry, that on such a farm a spirit of licence and indiscipline would prevail. They had been nervous about the effects upon their own animals, or even upon their human employees. But all such doubts were now dispelled. Today he and his friends had visited Animal Farm and inspected every inch of it with their own eyes, and what did they find? Not only the most up-to-date methods, but a discipline and an orderliness which should be an example to all farmers everywhere. He believed that he was right in saying that the lower animals on Animal Farm did more work and received less food than any animals in the county. Indeed, he and his fellow-visitors today had observed many features which they intended to introduce on their own farms immediately.

He would end his remarks, he said, by emphasising once again the friendly feelings that subsisted, and ought to subsist, between Animal Farm and its neighbours. Between pigs and human beings there was not, and there need not be, any clash of interests whatever. Their struggles and their difficulties were one. Was not the labour problem the same everywhere? Here it became apparent that Mr. Pilkington was about to spring some carefully prepared witticism on the company, but for a moment he was too overcome by amusement to be able to utter it. After much choking, during which his various chins turned purple, he managed to get it out: "If you have your lower animals to contend with," he said, "we have our lower classes!" This BON MOT set the table in a roar; and Mr. Pilkington once again congratulated the pigs on the low rations, the long working hours, and the general absence of pampering which he had observed on Animal Farm.

And now, he said finally, he would ask the company to rise to their feet and make certain that their glasses were full. "Gentlemen," concluded Mr. Pilkington, "gentlemen, I give you a toast: To the prosperity of Animal Farm!"

There was enthusiastic cheering and stamping of feet. Napoleon was so gratified that he left his place and came round the table to clink his mug against Mr. Pilkington's before emptying it. When the cheering had died down, Napoleon, who had remained on his feet, intimated that he too had a few words to say.

Like all of Napoleon's speeches, it was short and to the point. He too, he said, was happy that the period of misunderstanding was at an end. For a long time there had been rumours — circulated, he had reason to think, by some malignant enemy — that there was something subversive and even revolutionary in the outlook of himself and his colleagues. They had been credited with attempting to stir up rebellion among the animals on neighbouring farms. Nothing could be further from the truth! Their sole wish, now and in the past, was to live at peace and in normal business relations with their neighbours. This farm which he had the honour to control, he added, was a co-operative enterprise. The title-deeds, which were in his own possession, were owned by the pigs jointly.

He did not believe, he said, that any of the old suspicions still lingered, but certain changes had been made recently in the routine of the farm which should have the effect of promoting confidence still further. Hitherto the animals on the farm had had a rather foolish custom of addressing one another as "Comrade." This was to be suppressed. There had also been a very strange custom, whose origin was unknown, of marching every Sunday morning past a boar's skull which was nailed to a post in the garden. This, too, would be suppressed, and the skull had already been buried. His visitors might have observed, too, the green flag which flew from the masthead. If so, they would perhaps have noted that the white hoof and horn with which it had previously been marked had now been removed. It would be a plain green flag from now onwards.

He had only one criticism, he said, to make of Mr. Pilkington's excellent and neighbourly speech. Mr. Pilkington had referred throughout to "Animal Farm." He could not of course know — for he, Napoleon, was only now for the first time announcing it — that the name "Animal Farm" had been abolished. Henceforward the farm was to be known as "The Manor Farm"— which, he believed, was its correct and original name.

"Gentlemen," concluded Napoleon, "I will give you the same toast as before, but in a different form. Fill your glasses to the brim. Gentlemen, here is my toast: To the prosperity of The Manor Farm!"

There was the same hearty cheering as before, and the mugs were emptied to the dregs. But as the animals outside gazed at the scene, it seemed to them that some strange thing was happening. What was it that had altered in the faces of the pigs? Clover's old dim eyes flitted from one face to another. Some of them had five chins, some had four, some had three. But what was it that seemed to be melting and changing? Then, the applause having come to an end, the company took up their cards and continued the game that had been interrupted, and the animals crept silently away.

But they had not gone twenty yards when they stopped short. An uproar of voices was coming from the farmhouse. They rushed back and looked through the window again. Yes, a violent quarrel was in progress. There were shoutings, bangings on the table, sharp suspicious glances, furious denials. The source of the trouble appeared to be that Napoleon and Mr. Pilkington had each played an ace of spades simultaneously.

Twelve voices were shouting in anger, and they were all alike. No question, now, what had happened to the faces of the pigs. The creatures outside looked from pig to man, and from man to pig, and from pig to man again; but already it was impossible to say which was which.

November 1943 - February 1944

CLASSICO

Part of Cow & Bridge Publishing Co.
Web site : www.cafe.naver.com/sowadari
3ga-302, 6-21, 40th St., Guwolro, Namgu, Incheon, #402-848 South Korea
Telephone 0505-719-7787 Facsimile 0505-719-7788 Email sowadari@naver.com

ANIMAL FARM
a Fairy Story
by **GEORGE ORWELL**

Published by Cow & Bridge Publishing Co.
First original edition published by Secker & Warburg, London 1945
This recovering edition published by Cow & Bridge Publishing Co. Korea
2018 © Cow & Bridge Publishing Co. all rights reserved.
No part of this publication may be reproduced, stored in retrieval system, or transmitted
in any form or by any means without the prior written permission of the copyright holder.

초판본 동물 농장 1945년 오리지널 디자인

지은이 조지 오웰 | **옮긴이** 김동근

1판1쇄 2018년 1월 5일 | **발행인** 김동근 | **발행처** 도서출판 소와다리

주소 인천시 남구 구월로 40번길 6-21 제302호

대표전화 0505-719-7787 | **팩스** 0505-719-7788 | **출판등록** 제2011-000015호

이메일 sowadari@naver.com

ISBN 978-89-98046-82-8 (04840)

디자인 ⓒEdward Graphic Centre